RECLAM-BIBLIOTHEK

»Ein schmales Buch, mit der Kühnheit, die das Alter manchmal schenkt, geschrieben«, nannte die ›Süddeutsche Zeitung‹ Hanns Cibulkas »Am Brückenwehr« (1994), und so ließe sich auch seine neueste Tagebuchprosa charakterisieren. Poetisch verdichtete Notate über das Gegenwärtige wechseln mit elementaren Beschwörungen des Vergangenen: Ein feingewobenes Netz breitet sich aus, das von der Heimkehr der »verratenen« Söhne kündet – in einem Europa, das sich endlich als »Menschenland« versteht.

Hanns Cibulka, geboren 1920, erlernte den Beruf des Handelskaufmanns und erlebte den Zweiten Weltkrieg von Anfang bis Ende als Wehrmachtssoldat. Nach der Übersiedlung nach Thüringen und einem Studium an der Bibliothekarsschule wirkte er zwischen 1953 und 1985 als Leiter der Stadt- und Kreisbibliothek Gotha. Für seine literarischen Arbeiten erhielt er zahlreiche Preise: Louis-Fürnberg-Preis (1973), Francesco-de-Sanctis-Preis (1978), Johannes-R.-Becher-Preis (1978), Kulturpreis der Stadt Gotha (1979), Diploma di merito Accademia Italia (1982), Prof. h. c. Universität Florida (1988), Sudetendeutscher Kulturpreis (1991), Ehrengabe zum Andreas-Gryphius-Preis (1995).

Hanns Cibulka

Die Heimkehr der verratenen Söhne

Tagebucherzählung

RECLAM VERLAG LEIPZIG

ISBN 3-379-01553-9

Reclam-Bibliothek Band 1553
1. Auflage, 1996
Reihengestaltung: Hans Peter Willberg
Umschlaggestaltung: Matthias Gubig
Foto des Autors: Bert Sander
Gesetzt aus Stempel-Garamond
Satz: Druckerei zu Altenburg GmbH
Druck und Bindung: Ebner Ulm
Printed in Germany

Für Christa

Wie es eine verborgene Menschennatur gibt,
so gibt es auch eine geheime Geschichte.

P. V. J. Troxler

Noch nie habe ich den Frühling in einer solchen erschreckenden Schönheit erlebt wie in diesem Jahr. Wohin das Auge auch blickt, hochgeschossene Triebe, junge Schößlinge, die durch das tote Astwerk wuchern, selbst aus den Schnittwunden der gefällten Bäume stoßen zarte Reiser in die Luft. Die Schneedecke an den Berghängen ist am Schmelzen, überall grunelt es unter dem Eis hervor.

Das ganze Land ist in ein zartes lichtes Blau getaucht, die Schatten der Bäume sind leichter geworden, heben sich vom Erdboden ab, Anemonen stoßen das welke Laub zur Seite, ein Blütenteppich aus Buschwindröschen, die Hasel stäubt, wie ein zarter gelber Rauch hängen die Pollen in der Luft. Lichthungrig wie noch nie springen die Blattknospen auf, man hätte sie in den Nächten hören müssen, wenn sie an den Zweigen explodierten. Zum erstenmal in meinem Leben fühlte ich so etwas wie Scheu, als ich einen blühenden Schlehdornzweig für die Vase brechen wollte.

Auf den Bergen haben sich die Schneefelder in blaue Luft aufgelöst, die Amsel auf dem Dach singt mir den letzten Frost aus der Seele.

17. April

Aufgestanden mit dem ersten Hahnenschrei. Wer aus einem fremden Land Besuch erwartet, muß seine Hütte in Ordnung bringen. Ich gehe in den Keller, hole mir den Reisigbesen und fange an, die Terrasse zu fegen, kratze die Asche vom Rost, putze an der Sonnenseite die Fensterscheiben. Die Karte, die mir meine Freundin vor einigen Tagen geschrieben hat, liegt immer noch auf dem Tisch. Ich komme, steht auf der Rückseite, nicht mehr. Sie hat die beiden Worte mit großen Buchstaben hingesetzt, einer schöner als der andere, eine energische Handschrift. Vergebens suchte ich nach einer Unterschrift, als Signatur ein großes kräftiges M.

Der Tag läßt sich gut an. Ich hätte mit meiner Schreibarbeit beginnen können, Schreiben nimmt viel Zeit weg, doch ich bin viel zu unruhig, um einen Bleistift in der Hand zu halten, so setze ich mich an das Fenster und sehe hinaus auf den Waldweg, einen Pfad, den ich seit Jahren kenne, selbst des Nachts könnte ich ihn mit geschlossenen Augen gehen. Plötzlich kommt vom Tal her der Wind und trägt den Lärm des Tages bis hinauf auf den Hög.

Es ist noch lange hin, sage ich mir, bis sie den Berg herauf kommt. Wer weiß, vielleicht hat sie eine falsche Richtung eingeschlagen, ist den Tammichgrund entlang gegangen bis zum Lutherbrunnen. Vielleicht hatte der Zug Verspätung, und sie hat den Anschluß an den Tambacher Bus in Georgenthal verpaßt. Da höre ich aus dem Tal die Turmuhr schlagen, es sind zwölf volle Schläge, die Glocken beginnen den Mittag einzuläuten, und sie ist noch immer nicht da. Ich kenne den Fahrplan, ich weiß bis auf die Minute genau, wann der Omnibus im Tammichgrund eintreffen muß.

Langsam werde ich unruhig, stehe auf, wechsel den Platz, gehe hinaus auf den Waldweg, setze mich auf einen Stein, von hier aus kann ich den Pfad in seiner ganzen Länge überblicken, man sieht aber auch den Bus, wenn er ins Tal einfährt, jeden Fremden, der den Berg von unten heraufsteigt. Plötzlich schießt eine Wildtaube an mir vorbei, ein gutes Zeichen, was willst du mehr.

Vielleicht kommt sie um die Vesperzeit zu einer Tasse Tee, sie hat grünen Tee schon immer lieber getrunken als Kaffee. Ich bleibe also sitzen und sehe, wie sich der Schatten der Bäume langsam dreht, vom Westen nach Norden und dann nach Osten. Jetzt, in dieser Minute müßte der Nachmittagsbus im Tammichgrund ankommen, in einer guten halben Stunde könnte sie hier oben eintreffen.

Nach einer Weile sehe ich eine helle Gestalt den Waldweg heraufkommen, ganz langsam, sehe ihr Kleid unter der Sonne aufleuchten, es muß ein helles Kleid sein. Sie hält einen Hut in der Hand, ein blaues Band flattert im Frühlingswind, und ihr Haar, mein Gott, es ist ja immer noch blond.

Ich könnte ihr zurufen, doch der Wind hat an Stärke zugenommen, er würde meine Worte an ihr vorbeitreiben. Nun wäre es an der Zeit, aufzustehen und ihr entgegenzugehen, mein Herz beginnt zu klopfen, und das Klopfen wird stärker, je weiter sie den Weg heraufkommt …

Wie oft schon habe ich mich gefragt, wie kann man seiner Tochter nur einen solchen Namen geben – Mnemosyne.

22. April

Am frühen Morgen treibt der Wind staubfeinen Schnee über den Hög. Die kleinen Eiskristalle fallen so dicht, daß alle Bäume, Gräser und Sträucher nach wenigen Minuten weiß überzogen sind, auch die Terrasse vor dem Fenster ist mit hartem körnigem Schnee bedeckt. Gegen Mittag bricht die Sonne durch, ein warmer Wind kommt auf, der Schnee beginnt zu schmelzen, bis in den späten Nachmittag hinein fließen die Rinnsale hinab ins Tal, die letzten Schneefelder werden zu Wasser.

Schnee, erinnerst du dich noch, wie glücklich wir als Kinder waren, wenn du vom Himmel fielst, durch alle Straßen haben wir gerufen deinen Namen, mit Wasserfarben haben wir dich gemalt auf grauem Zeichenkarton. Vergebens suche ich heute nach deinem jungfräulichen Weiß, deine Flocken sind giftig geworden, zum Ausspeien, wenn sie auf der Zunge zergehen. Schnee, wir haben dich verraten, deine Laborwerte: Cadmium, Cäsium, Blei. Frau Holle hat sich geirrt, jede Flocke ein Nagel für unseren Sarg.

Mein Freund Robert ist wieder im Land. Im Herbst des vergangenen Jahres hat er sich aufgemacht, um seine Tochter in Sofia zu besuchen. Sie hatte vor Jahren an der Medizinischen Akademie zu Erfurt einen bulgarischen Arzt kennengelernt und später geheiratet. Nach der Wende sind sie nach Bulgarien gezogen und haben sich in Sofia eine Privatpraxis aufgebaut. Robert war inzwischen Großvater geworden und wollte sein Enkelkind endlich einmal sehen. An die vier Monate blieb er bei seiner Tochter zu Besuch.

Nun sitzt er wie immer in seiner Werkstatt, ißt bedächtig seine Suppe mit den getrockneten Pilzen, brockt sich einen Kanten Brot in die Schüssel. Es ist immer noch der große alte Tisch, und durch das Fenster fällt das grüne Licht des Gartens. Auf der Tischplatte aus grob gemasertem Fichtenholz liegt wie eh und je ein aufgeschlagenes Buch, in einer kleinen aus Stroh geflochtenen Schale seine Brille.

Es geht ihnen gut, sagt er zu mir, sehr gut, sie haben ihre Herkunft vergessen, dann spricht er von einem erschreckenden Hochmut, nennt aber keine Namen. Ich weiß nicht, ob es eine allgemeine Feststellung war oder eine Klage, ich habe nicht danach gefragt. Nach einer Weile: Johannes, man sagt so einfach Vater, Tochter, doch zwischen den beiden liegen allzuoft Jahrzehnte, bauen sich Berge auf, Täler und Wälder, die Unterschiede liegen nicht so sehr in den einzelnen Generationen, es sind die Lebensalter, die uns trennen. Als ich nach diesen Worten meinen Freund von der Seite her ansah, fühlte ich in der Gegend meines Herzens einen Stich. Immerhin, der Großvater hat sein Enkelkind gesehen.

Robert hat nach der Wende keine neuen Aufträge mehr angenommen, die Museen haben seinen Namen aus der Liste der Restauratoren gestrichen, er ist zurückgetreten aus der Welt der Tätigen. Nun sitzt er in seiner Werkstatt an dem großen nackten Tisch, in Hemdsärmeln, und wartet. Heute stehen bei ihm nur noch wenig Antiquitäten herum, keine Renaissanceschränke mehr, kein Sekretär aus dem achtzehnten Jahrhundert, doch die Tabaksdose mit dem blonden breitgeschnittenen Tabak liegt immer noch zum Greifen nah, daneben eine Pfeife aus Meerschaum. Seine Schläfen – ich sah es heute zum erstenmal – haben einen grauen, silbernen Ton, seine Schritte sind langsamer geworden.

In den letzten Tagen hat Robert die morsch gewordenen Zaunlatten am Jägerzaun gegen frisch geschnittene Hölzer ausgetauscht, er bleibt vor dem kahlen Fliederbaum stehen, dem Goldregen, ist mit dem Ölkännchen unterwegs, ölt die müdgewordenen Schlösser, die Angeln an den Türen, doch an den Sonnentagen streift er mit dem Hund des Försters kilometerweit durch die Wälder, am

Abend legt er bedächtig eine sauber geschriebene Liste seiner Edelhölzer an, manchmal stellt er sein Feldbett mitten in den Lagerraum, um in der Nacht den Duft der Hölzer zu atmen.

In den ersten Tagen ist mir die Einsamkeit auf dem Hög nicht gerade leichtgefallen, erst später wurde mir bewußt, daß auch das Schweigen seine Vorteile hat. Ich brauche keine Telefongespräche zu führen, im Postkasten liegen keine Briefe, ich bin auf eine merkwürdige Art und Weise dem Leben abhanden gekommen, eine sprachlose Leichtigkeit hat von mir Besitz ergriffen. Das ganze Gepäck der letzten Jahre habe ich in Gotha zurückgelassen, alles, was die Wende den Menschen auf die Schulter gepackt hat. Vieles, was im Ort drunten geschieht, dringt nicht mehr bis hinauf auf den Berg. Es gibt Tage von einer fast beängstigenden Stille.

Der Eichelhäher kreischt vor dem Fenster. Wenn ich meinen Fuß vor die Tür setze, geht das Schimpfkonzert los, die ganze Siedlung wird alarmiert. In seinen Augen bin ich ein Störenfried, ein Feind, der auf dem Hög nichts zu suchen hat.

29. April

Die feuchte Atmosphäre der Apriltage macht das Land weit. Auf den Wiesen und im Wald breitet sich die Wärme aus. Meine Füße sind schwer von einer süßen Müdigkeit.

Einen Flintenschuß von der Hütte entfernt, an einem Waldteich, zwischen halbgeknicktem Röhricht, liegt ein verendetes Reh, ein schmerzendes Bild.

Immer habe ich Mnemosyne wegen ihres Namens geliebt. Sie hat ihr Antlitz nie der Öffentlichkeit gezeigt, im entscheidenden Augenblick zog sie einen Schleier vor das Gesicht. Als ich ihr das erstemal begegnete, durchfuhr mich so etwas wie Glück. Ihr Gesicht ist nicht schmal, aber auch nicht breitflächig, Nase, Stirn und Mund sind im klassischen Ebenmaß, doch ihre Lippen sind voller Leidenschaft. Ihre Augen, sprechende Augen, übergroß. Übrigens ist ihre Farbe nicht blau, es ist ein zartes helles Grau, ein Steingrau. Auf ihrem Kopf eine Fülle von Locken. Immer, wenn ich ihr begegnete, mußte ich daran denken, daß sie nicht nur die Geliebte von Zeus war, sie ist auch die Mutter aller neun Musen.

Mnemosyne, du bist nun einmal die Tochter der Gaia und des Uranus, deine Schwester ist Rhea. Ein solches Elternhaus verpflichtet von Geburt an, ob man will oder nicht. Erinnerst du dich noch an die berühmt gewordenen neun pierischen Nächte mit Zeus? Hesiod hat sie in seiner Theogonie besungen. In abendlicher Liebe hat dir der Gott die Locken gelöst.

Nichts, was sich im Leben offenbart, darf vergessen werden, hast du zu den Menschen einmal gesagt. Du bist das Herz des Unvergeßlichen, das immer schlägt. Ohne dich gäbe es kein Erinnern, kein Gedenken, keinen Dank. Du allein hast uns von der alles dahinraffenden Zeit befreit, dem Unvergeßlichen gilt dein Blick. Du bist nicht nur der Menschen und der Götter ewiges Gedächtnis, du bist auch das Gedächtnis der Natur. Durch dich allein wird die Trauer über das Vergangene aufgehoben.

Auf meinem Schreibtisch steht ein altes Klassenfoto, ein Schulfreund hat es mir vor Jahren geschickt. Das Papier ist gelb geworden, brüchig. Ich sitze in der letzten Reihe. Das Gesicht des Knaben ist für mich so unendlich fern, so fremd, daß ich bis heute zweifle, ob ich es wirklich bin.

Der Knabe
mit dem gestickten Chorhemd,
der Stola des Glaubens,
wo ist er hin,
verlorengegangen im Gebälk
der Jahre?

Das Elternhaus
im tschechischen Besitz,
die Steiner-Geige,
wer weiß,
wer sie jetzt spielt,
abgeschliffen die Grabsteine,
böhmisch die Namen.

Niedrige Wolkenfetzen segeln über die Berge. Der Mond ist von einer schmalen Sichel zu einer runden prächtigen Scheibe angewachsen.

5. Mai

... es war die Zeit der Kukuruzkolben, Sommer 1941, der Krieg gegen die Sowjetunion war noch jung.

Es muß an einem Sonntag vormittag gewesen sein, Andrej und ich gingen spazieren. Andrej war Deutsch-Ukrainer und als Dolmetscher beim Regimentsstab eingesetzt. Der Weg führte uns weit über den Stadtrand von Luck hinaus. Vor unseren Augen lag ein breiter offener Strom, der Styr, träge floß er dahin, im Nordosten die Sumpfgebiete des Pripet. Am Flußufer stand eine kleine russisch-orthodoxe Kapelle mit fünf vergoldeten Kuppeln, die Fenster waren geöffnet. Zum erstenmal in meinem Leben hörte ich einen russisch-orthodoxen Kirchengesang, betroffen blieb ich stehen. Komm, sagte Andrej, wir gehen in den Gottesdienst, sie singen gerade »Blagoslovi doushe moya Gospoda«.

Die Kirche war bis auf den letzten Platz gefüllt. Vergebens suchte ich nach dem Altar, der Sakristei, was ich sah, war eine hohe, mit drei Türen durchbrochene Wand, die den Altarraum von dem übrigen Kircheninneren trennte. Das in sich geschlossene architektonische Gefüge war mit vergoldeten Ikonen geschmückt. Mehr als hundert

Kerzen brannten vor den Heiligenbildern, es war ein mächtig flackernder Schein, der den ganzen Innenraum der Kirche vergoldete. Ich sah in die Gesichter der ukrainischen Bauern, der Bäuerinnen, lautlos bewegten sie ihre Lippen. Es waren vor allem die Frauen, die eine schlanke brennende Kerze in der Hand hielten und beteten. Das Licht huschte über ihre Gesichter, erhellte, verdunkelte sie, doch über uns alle hinweg tönten die tiefen dunklen Bässe der Chorsänger. Es müssen uralte Responsorien gewesen sein aus einer Zeit, die Jahrhunderte zurücklag, keine Instrumentalmusik als Begleitung, kein Orgelton, die menschliche Stimme dominierte, das Wort. Wenn der Gesang aussetzte, hörte man durch das geöffnete Fenster, vom Fluß her, den Schrei der wilden Gänse.

Plötzlich trat aus dem Chor ein alter weißhaariger Mönch, kam langsam auf mich zu, und dann geschah etwas, das mich bis heute begleitet: Er blieb vor mir stehen, sah mich an, sprach ein paar Worte russisch; was mir in Erinnerung blieb, war das Wort »Gospodin«, dann drückte er mir eine brennende Kerze in die Hand und führte mich an die Wand mit den Ikonen. Die Mehrzahl der Ukrainer glaubte damals noch, die deutschen Soldaten seien als Freunde in ihr Land gekommen, als Befreier.

Da stand ich nun den alten ehrwürdigen Ikonen gegenüber, am Koppel die Pistolentasche. Was mir zuerst an den Ikonen auffiel, waren die unmöglichen Proportionen, die ungelenken Gesten, die eckigen Formen, die scheinbar primitive Gleichgültigkeit in den Bildern, dann aber sah ich die Menschen, nein, das waren keine Knienden, sie lagen fast auf der Erde und hoben gegen die vergoldeten Ikonen hin die Hände. So wie hier hatte ich noch nie den Menschen beten gesehen, keiner war ansprechbar, sie alle schienen in einer anderen Welt zu sein.

Je länger ich vor den Ikonen stand, um so durchsichtiger wurden mir die Gesichtszüge der Heiligen, und plötzlich fühlte ich die Aura, die sich in den vergangenen Jahrhunderten um diese Bilder aufgebaut hat, unzählige Menschen sind vor ihnen in die Knie gefallen, Bauern und Bäuerinnen, Knechte, Heilige und Verbrecher, Soldaten und Mörder. Diese Ikonen waren mehr als nur ein bemaltes Holzbrett, sie waren durch das Gebet zu einem atmenden Wesen geworden. Und plötzlich sah ich in den Gesichtern der Menschen, wie die geheimnisvolle Kraft der Bilder zu leben begann. Die bemalten Tafeln wurden zu einer Brücke zwischen dem Diesseits und dem Jenseits, zwischen Schöpfer und Mensch. Der Heilige Georg stieß seinen Speer dem Drachen ins Maul, Michael hob das Schwert, seine Flügel waren aus Feuer, und die Gottesmutter stieg von der Wand herab und hob die Schmerzen der Menschen vom Erdboden auf. Damals wußte ich noch nicht, daß an der Ikonenwand eine unsichtbare Grenze verläuft, was ich sah, war lediglich der strahlende Goldgrund der alten christlichen Welt.

Als Andrej und ich die Kirche verließen, stand das Mittagslicht wie eine Kathedrale über dem Strom. Wir gingen hinab an den Fluß und setzten uns auf einen vertrockneten Baumstamm. Da saßen wir nun und sahen hinaus auf das lautlose Fließen des Styr, Namen gab es keine, nur von Zeit zu Zeit das Geläut einer Glocke, wenn die Fähre vom Ufer abstieß und hinüber auf die andere Flußseite fuhr …

Heute nacht wurde mein Schlaf von dem Geheul einer Sirene durchschnitten, einen Steinwurf weit von meiner Hütte entfernt wurde eine Alarmanlage ausgelöst. War es ein Tier, ein Mensch?

9. Mai

Der Thüringer Wald feiert die Auferstehung seiner Bäume, die Blattknospen springen auf. Die meisten Blätter haben auf Grün gesetzt, die Schößlinge der Eichen auf Rot, die Farne mit ihrem Krummstabkopf auf Braun.

Glücklicher Frühling, wo die Welt noch im Aufbruch ist, wo die Vernunft träumt, die Kindheit voller Blüten steht und alles, was auf der Erde lebt, unter den Flügeln der Weisheit ein Zuhause hat.

Ein Land evakuiert sich selbst.

Wo wollten sie hin, sie wußten es selbst nicht genau, vielleicht wollten sie das Land, in dem sie geboren, ganz einfach loswerden. Keiner hatte mehr die Kraft, an seine alte Heimat zu glauben, an den Bestand der Dörfer, der Häuser, sie brachen auf und gingen davon. Es waren zähe, festhaftende Vorstellungen, unter denen sie die Flucht antraten. Wie eine Psychose muß es über sie gekommen sein, zu Fuß waren sie unterwegs, mit dem Motorrad, andere wieder hatten ihren Wartburg vollgestopft bis unter das Dach, so zogen sie los, in einer Atmosphäre blinder Hektik, Panikstimmung, keiner wußte, wohin er wirklich wollte. Wie ein Heuschreckenschwarm überfielen sie die Deutschen Botschaften in Prag und Budapest, suchten über Ungarn den Weg nach Wien. Es war ihnen gleichgültig, wo sie sich zum Schlafen hinlegten, sie brachen die Zelte hinter sich ab. Ein Gerücht jagte das andere, ganze Denksysteme wurden umgeworfen, sie waren auf der Suche nach einer neuen Wahrheit. Und wo ist sie geblieben, hat man sie gefunden? Diese Tage und Wochen glichen einer Hochwasserkatastrophe, doch mit dem stürzenden Wasser kam auch der Schlamm wieder hoch …

Am Nachmittag besuchte ich Robert, er zeigte mir in seiner Werkstatt eine Plastik von einem unbekannten Meister aus dem späten achtzehnten Jahrhundert, es war ein Mädchenkopf aus Holz, Privatbesitz. Der Holzwurm hatte den Fuß der Plastik durchlöchert.

Lange blieb ich vor dem Mädchenkopf stehen, berührte das Gesicht mit den Fingerspitzen, die

Augenbrauen, die Nase, den Mund, trat ein paar Schritte zurück, vielleicht aus Scheu, es war ein entrücktes Gesicht, das mich auf eine ganz besondere Weise traf und zugleich erschreckte.

Woher kommt ein solches Gesicht? Ganze Geschlechter muß es hinter sich zurückgelassen haben, ehe es zu sich selber fand. Immer wieder wird durch Generationen hindurch ein Schicksal über das andere gelegt, ehe ein solches Gesicht Wirklichkeit wird.

Warum schlagen die Bildhauer das Menschengesicht überwiegend in Stein? Weil im Stein das Schweigen am tiefsten ist …

Der Frühling wandert ostwärts, er wird in den kommenden Tagen Wolhynien erreichen.

12. Mai

Alles hat im Leben seine Zeit, da sind die Tage für den Seidelbast, die Anemonen, jede Blume hat ihren festgeschriebenen Monat, aber auch die geballten Blütenknospen an den Apfelbäumen haben ihre Stunde.

Der erste Schmetterling taumelt über die Wiesen, es ist ein Kohlweißling, seine Flügelspitzen sind schwarz.

Wer weiß, was sich die Politiker in den kommenden Jahren noch alles zurechtlegen werden, wenn sie eines Tages über die Wende einen Vortrag halten. Sie werden nach neuen Gesichtspunkten suchen, nach einer Koordinate, um in diesem gegensätzlichen Auf und Ab eine Linie zu finden, die es gar nicht gibt. Sie werden im Wirrwarr der Tage und Wochen nach einer Ordnung Ausschau halten, werden wie eh und je das Wort von Michail Gorbatschow zitieren: »Wer zu spät kommt, den bestraft das Leben«, aber keiner wird sein Versagen als Staats- und Parteichef in seine Betrachtungen mit einbeziehen. Werden sie den gordischen Knoten zerhauen oder den Versuch unternehmen, die Fäden zu entwirren, um der »geheimen Geschichte« auf die Spur zu kommen? Sie werden auf Menschenschicksale stoßen, auf Männer und Frauen, die in den Freitod gegangen sind, weil für sie eine Welt zusammengebrochen war, der Zufall wird seine Hände im Spiel haben, dem sie hilflos gegenüberstehen, sie werden diese oder jene Wahrheit zur Seite legen und so tun, als hätte es sie nie gegeben. Sie wissen längst, daß es eine Wende der Irrungen und Wirrungen war, festgeglaubte Positionen wurden aus den Verankerungen gerissen, denn alle Dinge in diesen Tagen wollten neu werden. So manches wird auch in Zukunft in einem leeren Raum stehenbleiben, die Rufe der Menschen von damals werden die Söhne von Morgen nicht mehr erreichen. Die Geschichte wird das Schicksal der einzelnen zusammenpressen wie in einem Schraubstock, aber auch die Verantwortlichen werden sich kaum noch erinnern, daß sie vor

Jahren verantwortlich waren. Die Politiker haben nach der Wende Verfassungsbruch begangen, haben auf die Ausarbeitung einer neuen Verfassung verzichtet. Den Toten an der Mauer wird man Jahr für Jahr einen Kranz an der Stelle niederlegen, wo sie im Stacheldraht zusammengebrochen sind.

Der Runde Tisch hat während der Wende etwas ganz Entscheidendes erreicht, er hat einen Anflug menschlicher Würde in die politische Landschaft eingebracht, hat unter schwierigen Umständen die entscheidenden Worte gefunden, neue Wege aufgezeigt, das Verhältnis zu den Fragen der Macht kurz und prägnant beschrieben.

Auch in Deutschland wird in den kommenden Jahren der Gedanke an eine Basis-Demokratie mehr und mehr an Boden gewinnen, Parteien, die sich gegen diese Entwicklung sperren, werden zu Fall kommen. Demokratie als Bewegungselement.

Der Runde Tisch, ein Protest gegen die Parteihierarchie? Wo sich die politische Macht kristallisiert, wo sie nicht mehr in Bewegung ist, beginnt die Diktatur.

Am späten Abend ins Bett gefallen wie ein Stück Holz, doch kurz vor Mitternacht trieb es mich noch einmal hinaus auf den Waldweg.

Die Stille der Nacht hat eine ganz andere Tiefe als die Stille des Tages. Das geringste Geräusch läßt dich aufhorchen, denn alles, was um dich herum geschieht, ist unsichtbar. Du weißt, daß es der Schrei eines Vogels ist, daß der Marder auf deinem Dachboden rumort. Diese Geräusche vollziehen sich in der Dunkelheit nicht nur in deinem Ohr, die Nacht trägt sie in dich hinein, du bist kein Beobachter mehr, du bist das Ohr selbst.

In der Stille der Nacht kommt noch etwas anderes hinzu: Du ahnst hinter dem Schrei der Kreatur auch ihr Schicksal, du bist dem Herzschlag der Dinge näher.

17. Mai

Auch in diesem Jahr fällt in den Vogelkirschbaum, der kalten Maiennacht zum Trotz, der weiße Blütenschnee …

… südlich von Kolatsch wurde unser Regiment übergesetzt, vor unseren Augen der Don-Wolga-Kanal.

Wir lagen in einem kleinen russischen Dorf in Ruhestellung, unweit der Rollbahn. Brennende Scheunen, zerschossene Gehöfte. Tag und Nacht rollte der Nachschub vorbei, Panzerverbände, Munitionsfahrzeuge, Infanterie. Nacht für Nacht saß ich an der Vermittlung, gegen Morgen wurde ich abgelöst. Eines Tages hängte ich mir die Maschinenpistole über die Schulter und ging hinaus in die Steppe.

Es war eine Steppenlandschaft mit Hartgräsern, Kräutern und verholzten Sträuchern, eine

Grassteppe. Vergebens suchte ich nach ein paar Bäumen, keine Erdbunker, keine Deckungslöcher, die Weite, die sich vor meinen Augen auftat, glich einer uneinnehmbaren Festung.

Die Rollbahn war lange schon am Horizont untergetaucht, die mit Stroh gedeckten Häuser verloren sich in der Ferne, Wind und Leere nahmen zu. Nichts erinnerte mich mehr an den Menschen, obwohl in den letzten zweitausend Jahren auch hier ganze Völkerstämme durchgezogen sind.

Man muß diese Steppe selbst einmal erlebt haben in ihrer Weite, ihrer Lichtfülle, bei den unterschiedlichsten Tages- und Nachtzeiten, aber auch wenn sich der Himmel langsam färbt gegen den Winter hin. Tag für Tag dieser Horizont, ein nie zu erfassender Kreis, an manchen Tagen zum Greifen nah, am anderen Tag rückt ihn das Licht in eine unüberbrückbare Ferne. In den Nächten fühlt man sich verloren, ausgestoßen, das Mondlicht hat die Gräser versilbert, doch die Schatten, die unter den Gräsern liegen, sind gewaltig. Eine solche Landschaft kann man nicht mit dem Verstand allein begreifen, sie ist auch nicht berechenbar, man muß sich ihr mit ganzer Seele hingeben oder von ihr abwenden. In dieser Weite kommt man immer woanders an und nur selten dort, wo man will.

In einer solchen Landschaft werden nicht nur die Tage, die Wochen, da werden auch die Jahre vom Sturmwind fortgetragen, alles wird weggeweht. Hier begegnet man einer anderen Freiheit, sie ist nicht historisch geprägt, man erschrickt vor ihr, weil sie gnadenlos ist. Nichts drängt sich dir auf, was hier auf dich zukommt, ist das Unsichtbare. An manchen Tagen kann man ihren feindlichen Atem spüren, wie er über die Gräser hinweggeht. Dort, hinter dem Horizont sammeln sich die unsichtbaren Bataillone der Partisanen. Wir sollten uns nie weiter als einen Flintenschuß von der Rollbahn entfernen, hieß es in einem Tagesbefehl.

Gegen Mittag trat ich den Rückweg an, unter der strahlenden Steppensonne schien selbst das Gras zu leuchten. Ich hatte mir zur Sicherheit einen Kompaß mitgenommen. Eine gute Stunde später sah ich am Horizont helle Staubsäulen unter der Sonne aufleuchten.

Auf der Rollbahn eine unübersehbare Kolonne russischer Kriegsgefangener. Ihr Bild hatte aus der Ferne etwas von der großen Ruhe ziehender Nomaden, war voller Bitterkeit. Als ich durch den warmen beißenden Staub der Dorfstraße ging, saßen vor den Hütten die streunenden Hunde und warteten auf den Abfall des Tages.

Am späten Abend erreichte uns aus dem nördlichen Donbogen ein Funkspruch, kurz vor Mitternacht begann der Abmarsch …

… vier Tage später fuhr unser Funker auf eine Mine, was in meinen Händen zurückblieb, waren seine Erkennungsmarke und ein Gedicht. Der

Text war mit leichter Hand geschrieben und lag in seinem Soldbuch.

Die Dämmerung fällt,
wir sind müde vom Traben.
Die Straßen, sie haben
der Steine so viel,
laß sie für heute allein.

Es ist uns bestimmt,
mit brennenden Füßen
die Unrast zu büßen,
die uns tags mit sich nimmt.
Bald, Kameraden, ist Ruh.

Wer weiß, wo der Wind
uns morgen noch hinweht,
wenn keiner mehr mitgeht,
der Bruder uns ist.
Bald sind wir alle allein.

20. Mai

Heute nacht wurde es hell in den Kronen der Apfelbäume, die Knospen sprangen auf. Irgendwo aus dem Wald rief eine Knabenstimme.

Ich muß blind gewesen sein, erst heute wird mir die Schönheit der Birke bewußt, das Mädchenhafte dieser Bäume, Betula verrucosa. Sie hat eine lichte Krone, schlanke hängende Langtriebe, ihre

Blätter sind rhombisch, kahl, in den ersten Jahren immer etwas klebrig. Unter dem Blätterkleid ein weißer, weithin leuchtender Stamm mit geschichteter Korkhaut. Wenn sie alt wird, steht sie da mit schwarzer Borke.

In meiner Kindheit wurde der Mai Jahr für Jahr aus dem Holz geholt, Fuhrwerke mit vier Pferden fuhren in den Wald, die jungen Birken zu schlagen. Am Fronleichnamstag wurden die Altäre mit Birkenzweigen geschmückt, am Tag der Maria Himmelfahrt die frisch gebrochenen Zweige für die Wohnstube geweiht. Birkenzweige legten die Bauern auf den Flachs, damit er besser röste.

Am Nachmittag erlebte ich, wie der alte Zorn über Robert hereinbrach, er warf die Tür seiner Werkstatt ins Schloß, schob vor Erregung die Tabaksdose über den Rand des Tisches, nahm einen doppelten Wacholder und trank ihn, ohne abzusetzen, aus, dann stellte er das leere Glas auf den Tisch und sagte: Ich habe es versucht abzuschütteln, doch es kroch immer wieder in mir hoch. Hast du in den letzten Tagen diese Krämerseelen erlebt? Sie kamen mit Auto und Anhänger aus dem Rheinland, den Niederlanden und kauften für einen Apfel und ein Ei Großmutters alte Möbel auf. Ich habe mir die vollbeladenen Wagen angesehen, für einen polierten Tisch aus Kirschbaumholz haben sie einer alten Frau vierzig Mark in die Hand gedrückt, für eine Thüringer Holztruhe, geschnitzt, gewiß, die Farben waren abgeblättert, da und dort war der Holzwurm am Werk, legte man der Witwe hundert Mark auf den Tisch, der wirkliche Wert liegt bei achthundert Mark und mehr. Alles, was zu kaufen war, kaufte man auf, Möbel, altes Kinderspielzeug aus Blech, Weihnachtspyramiden, geschnitzte Engel. Woher sollen die Alten wissen, was ihre Möbel auf dem niederrheinischen Antiquitätenmarkt wert sind. Die Erinnerung der Menschen wird aufgekauft, steht verloren zwischen Designermöbeln und Postmoderne.

Ich erinnere mich an das Winterhalbjahr 1990/91. In jenen Tagen konnte man in Gotha auffällig gekleidete Herren beobachten, sie alle trugen lange Mäntel in Schwarz oder Grau und in der Hand einen flachen Diplomatenkoffer. Die Kleidung war sorgfältig aufeinander abgestimmt, das Jackett, die Hose, das Hemd, der Mantel, die Schuhe. Es sah aus, als hätten sie alle den gleichen Beruf. Vielleicht eiferten sie einem gemeinsamen Vorbild nach, was aber nicht ausschloß, daß hier etwas spürbar Uniformiertes, Gleichgeschaltetes auf uns zukam. War es der neue Typus der Marktwirtschaft?

Jeder Typus ist unkritisch, ihm fehlt die Kraft zu einer eigenständigen inneren Gestalt. Der Typus als Gefahr für das Individuum …

Der Abend kommt still über das Land, der Rasen wird langsam dunkel, ein letzter Vogelruf in der Ferne, wie eine Frage aus einer anderen Welt.

Wenn man die Fünfundsiebzig erreicht hat, sieht man sich erschrocken nach den vergangenen Jahren um.

22. Mai

Vor dem Fenster der erste Schwalbenschrei, sie müssen in den frühen Morgenstunden angekommen sein.

Eine Stunde später ist der Himmel voller Schwalben, ich kann mich nicht satt sehen an ihrem Flug. Da ist ein Sausen, Jagen, Steigen und Fallen, lautlos schießen sie den Himmel hinauf, stürzen zurück auf die Erde, eine Handbreit über den Wiesen jagen sie den Insekten nach, fliegen auf mich zu wie ein Pfeil. Für diese Vögel ist keine Gasse zu eng, keine Dachecke zu scharf, sie sind schneller als der Mensch, nur in unseren Gedanken holen wir sie ein. Was wäre der Himmel, wenn es keine Schwalben mehr gäbe. Wenn ich diesen Vögeln zusehe, fängt in mir alles an zu singen und zu jubeln.

Als der Herr des Himmels und der Erde die Vögel schuf, keiner weiß, an welchem Tag es war, zu welcher Stunde, muß er für einen Augenblick seine Hände in den Schoß gelegt haben, vielleicht war er müde geworden und wollte ausruhen. In diesem Augenblick hörte er an seiner Seite eine Stimme, es war die Luft. Herr, sagte sie, du hast dem Meer so viele Vögel mit auf den Weg gegeben, die Sturmmöwe, den Albatros, dem Hochgebirge den Adler, den Wäldern den Specht, ja selbst der unscheinbaren Schlehe hast du den rotrückigen Würger in die Äste gesetzt, nur mir, der Luft, die ich doch die Mutter aller Vögel bin, hast du keinen Vogel geschenkt. Als der Herr diese Worte vernahm, war er betroffen und versprach nachzudenken, und noch am selben Tag, es war gegen Abend, hat er der Luft die Bitte erfüllt und schenkte ihr die Schwalbe.

Am frühen Nachmittag kommt Wind auf, es beginnt unter den Bäumen zu schneien – Blütenschnee.

Am Abend höre ich die Lieder »Aus des Knaben Wunderhorn« von Gustav Mahler: »Der Schildwache Nachtlied«, »Der Tambourg'sell«, »Revelge«.

»Er ist ein König,
Er ist ein Kaiser!
Er führt den Krieg.«

Und plötzlich ist alles wieder da, ich höre in den soldatischen Rhythmen den Marschtritt der deutschen Infanterie, die Befehle der Offiziere, ich erlebe noch einmal die Nachtwachen am Don, die Steppe in ihrer beklemmenden Weite. Seit Jahrtausenden immer wieder derselbe Ruf: »Halt! Wer da? Bleib mir vom Leib!« Aus der Dunkelheit vergangener Kriege treten sie alle noch einmal ins Tageslicht.

»Des Morgens stehn da die Gebeine
in Reih' und Glied, sie stehn wie Leichensteine,
die Trommel steht voran ...«

In diesen Liedern ist nicht nur vergangenes Soldatenleben, Soldatenschicksal, da ist immer auch noch ein Stück Heimat, da sind die mährisch-schlesischen Dörfer, die böhmischen Landstraßen mit den Zwetschkenbäumen, die alten Kasernen. Mahlers Vater, ein armer Branntweinschenker, kam aus dem Böhmischen herüber nach Mähren. In der Kneipe haben die Soldaten dem Knaben die alten Soldatenlieder gelehrt, mehr als hundert soll der fünfjährige Bub auswendig gesungen haben. In diesen Liedern war alles etwas eckig, holzschnittartig, keine Enharmonik, ohne Bedenken wurden die einzelnen Tonarten hart nebeneinander gesetzt, leere Quinten, leere Quarten ...

In der Nacht steht vor meinem Fenster, in erdgrauer Uniform, mein Freund, der Regimentsfunker. Wie oft schon bin ich aufgestanden und habe dem gefallenen Kameraden die Tür geöffnet, bot ihm das Brot an, das auf dem Tisch lag, das Salz, und plötzlich fuhr der Wind durch die Hütte und rüttelte am Gebälk. Ich schloß die Tür, wagte aber nicht aus dem Fenster zu sehen, zog die Vorhänge zu, damit das grelle elektrische Licht die Augen des Toten nicht blende.

Der Tote, der dich besuchen kommt, ist gestaltlos, sagte einst meine Mutter zu mir, er hat keine Augen und sieht dich doch, er hat keinen Mund und kann doch mit dir sprechen, er hat keine Hand und streicht dir doch über das Haar.

24. Mai

Heute nacht träumte ich von Liv. Sie legte mir ein Stück Kreide mit eingebackenen Muscheln und Fossilien auf den Tisch, herausgebrochen aus dem Königsstuhl. Durch diesen Stein muß deine Sehnsucht gehen, sagte sie, erst dann wird deine Liebe in Swantow wieder ankommen …

Gedenkblatt

Du, meine Tote,
was kann ich für dich tun,
ich habe kein Brot mehr im Haus,
das Wasser in der Leitung ist gefroren,
am Fenster ein paar Eisblumen,
soll ich sie pflücken?

Erinnerst du dich noch
an den Strand bei Zudar,
es war Sommer,

dein Körper nackt,
gebräunt,
bis in die Zehenspitzen.

Von deiner Arbeit
hast du nur selten gesprochen,
von Bett zu Bett bist du gegangen,
dem Achtzigjährigen hast du die Windeln
zwischen die Beine gelegt,
hinausgetragen den Schieber.

Eines Tages,
die Schwalben waren fort,
der Himmel leer,
da konnte ich sie fühlen,
die Knoten auf deiner Bauchdecke,
sie waren weich.

Du, meine Verstorbene,
was kann ich für dich tun,
dir tragen helfen die Last,
wer weiß, ob nicht auch die Toten
sich abmühen, täglich,
genau so wie wir.

26. Mai

Wie schnell doch der Frühling dahingeht. Wenn die Bäume erst einmal angefangen haben zu blühen und ehe wir uns der Blütenträume so richtig bewußt geworden, ehe wir ihren Duft geatmet, den Flieder, den Jasmin, werden die Kelchblätter braun.

... der Winter kam schneeweiß, und die Stürme über dem Don waren eisig. Der Fluß fror weit hinaus, man konnte es wagen, über den Strom zu gehen, mit Mann, Roß und Wagen ans andere Ufer zu fahren, auch wenn der Lastkraftwagen mit Munition beladen, so dick war die Eisdecke.

Hier wölbten sich keine Hügel gegen den Himmel, und wenn die Sonne am Morgen wirklich einmal durchkam, wurde es ein harter Frosttag, es schien, als bestünde die ganze Welt nur noch aus kleinen glitzernden Eiskristallen. Mannshoch schichtete der Wind den Schnee, man konnte die einzelnen Schichten ablesen. Einen Eimer mit Wasser vor die Tür gestellt, und eine halbe Stunde später fand man im Kübel einen Klotz Eis. In der Nacht flimmerten über der Steppe die Sterne, die kleinen Vögel zuckten und fielen tot zu Boden. Am Morgen zeigte das Thermometer fünfunddreißig Grad unter Null, selbst die Luft in den Autoreifen wurde zu Eis. Und der Wind schaufelte den Schnee, der leicht wie Staubzucker war, von einem Heldengrab zum anderen.

In jenem Winter wurde vom deutschen Generalstab ein neues Wort in die Welt gesetzt: Frontverkürzung. Der Rückzug begann, in den Stiefeln gefrorenes Blut, so marschierten sie zurück, Knie und Hände blau, stumpfsinnig, das Gift der Kälte in den Knochen, und wer sich müde an den Wegrand setzte, dem wurde der Schnee zum Morphium. Tausende schlossen vor Müdigkeit die Augen und standen nicht mehr auf.

Noch nie war die Steppe so weit von mir entfernt wie in diesen Tagen auf dem Hög, noch nie war sie mir so nahe gewesen wie beim Schreiben dieser Zeilen.

Ich denke an Dostojewski, an die Katorga, an den Archipel Gulag.

Russisch waren nicht nur die Ketten des Zaren, russisch waren auch die stalinistischen Vernichtungslager, russisch sind aber auch jene Menschen, die in ihrer Liebe den Sternenhimmel küssen.

Lektüre. Ich sitze unter der Stehlampe und lese »Das Gedächtnis der Natur« von Rupert Sheldrake. Es ist eines der wenigen visionären Bücher über die Entstehung der Formen.

Wenn der Mensch ein Gedächtnis hat, warum sollte nicht auch die Natur ein Gedächtnis haben, warum sollte es nicht auch in ihr so etwas wie ein Erinnerungsvermögen geben? Sheldrake hat mit diesem Buch den Menschen einen neuen Faden in die Hand gegeben, einen Ariadne-Faden.

Von Zeit zu Zeit flattert beim Lesen ein Nachtschmetterling gegen die Fensterscheiben.

29. Mai

Die Erde denkt im Frühling ihre schönsten Gedanken. Die Margeriten auf der Wiese haben sich ein Brautkleid angelegt, und der blühende Ginster stellt seine ersten gelben Fahnen hart am Waldrand auf.

In den höher gelegenen Regionen des Thüringer Waldes kommt der Frühling immer erst zwei Wochen später als drunten in der Ebene.

Es ist ein großes kräftiges Tier, weiß, trächtig, der Bauch berührt fast schon den Erdboden, ein paar Tage noch und sie wird drei oder vier jungen Katzen das Leben schenken. Sie kam aus dem Nachbargarten auf mich zu, sprang auf den Gartentisch, setzte sich mir gegenüber, suchte meinen Blick und klagte. Ihre Augen waren groß von Sorge, von einer Innerlichkeit, wie ich sie bei anderen Tieren selten gesehen. War es die Sorge um ihre künftigen Kinder? In ihren Augen war mehr als das, was der Mensch einer Kreatur im allgemeinen zuspricht. Mir war, als forderte sie Verständnis, Zuspruch, Anteilnahme an ihrem Geschick, vielleicht auch etwas von dem, was über unseren Tag hinausgeht ins Unbegreifliche. Da war ein Anschauen, eine Bitte um Hilfe, ein Annehmen, da war das, was eigentlich immer auf Erden geschehen müßte, wenn sich Mensch und Kreatur begegnen.

Ich habe der fremden Katze zwischen der Hüttenwand und dem gestapelten Holz ein Domizil eingerichtet mit einer alten weichen Decke und einem vollen Freßnapf. Ob sie es annehmen wird?

Unser Leben wird von der Zahl beherrscht, unser ganzes Streben gilt der Zahl, der Mehrung der Zahl.

Um sich des Lebens sicher zu sein, hat der Mensch nach der Zahl gegriffen. Gesellschaft und Staat werden von ihr hypnotisiert. Täglich höre ich Werchowenski über die Leiche Schattofs hinweg rufen: »Die Fünf muß bleiben!« Gewiß, die Zahl muß bleiben, nur haben wir ihr einen falschen Stellenwert in unserem Leben eingeräumt. Was in unserer Gesellschaft außerhalb der Zahlen steht, zählt nicht.

Die Menschen haben an Gottes Stelle die Zahl gesetzt. Es ist wesentlich einfacher, mit ihr zu leben als mit der Bergpredigt, dem Talmud oder dem Koran. Und doch gibt die Zahl dem Menschen keinen festen Punkt in seinem Kommen und Gehen. Gewiß, es läßt sich viel aus ihr herauslesen, doch die Zahl selbst ist schicksalslos. Zahlen können Beweis sein, wissenschaftliche Erkenntnis, sie können dem Menschen die müßige Zeit vertreiben, können Glücksspiel sein, Markstein, doch steht die Zahl weder am Anfang noch am Ende unseres Lebens. Auch der Zukunft steht sie hilflos gegenüber, sie kann dem Menschen zwar die Binde von den Augen nehmen, doch sehen müssen wir selbst. Es gibt Pragmatiker, die möchten das ganze Weltall mit ihrem Zahlenspiel einzäunen.

Ich sehe, wie sich der Mensch anschickt, mit seinen Zahlen Raubbau an der Erde zu betreiben. Die Zahl hat sich lange schon aus der Verankerung der Erde und des Weltalls gelöst, sie schwebt frei im Raum, kann alles berechnen, erklären – was sie nicht kann: dem Lehmklotz Atem geben.

Zahlen stehen außerhalb der Liebe.

Wenn es vor dem Fenster dunkel wird, beginnen die Fledermäuse mit ihrem unhörbaren Flug.

In der Nacht, ehe ich einschlafe, der Geisterschritt meiner Katze. Sie schleicht die Holztreppe nach oben, bei aller Stille immer noch hörbar, springt auf das Fensterbrett, und dann beginnt unter dem Sternendach das unhörbare Gespräch zwischen ihr und der ägyptischen Katzengöttin Bash.

2. Juni

Es ist immer noch Frühling, der schönste Frühling, den ich je auf dem Hög erlebt habe. Die Luft, die aus den Wäldern kommt, ist nicht mehr kühl, sie ist warm geworden, und auf den Bergwiesen blaut der Enzian.

Das Land ist ganz Sonne, in der Luft ist ein Singen und Jubilieren, und die blühenden Wiesen liegen da wie eine ausgebreitete Freude. Alles ist voller Leben, der Baum, das Gras, der Windhauch. Es genügt, wenn irgendwo eine Blüte zu leuchten beginnt, und sei es auch nur für ein paar Stunden, einen Tag. Wie kleine bunte Bälle hüpfen die Vögel von Ast zu Ast.

Wie gut, daß der Frühling sein Füllhorn nicht auf einmal über die Erde ausschüttet, daß auch er in Etappen kommt und geht. Der Mensch wäre nicht in der Lage, diese Schönheit in ihrer ganzen Fülle zu ertragen.

Ich weiß nicht, wie lange ich heute vormittag untätig vor meiner Schreibmaschine saß, ich hörte dem Flötenkonzert zweier Amseln zu ...

Robert geht noch mit achtzig seinem gewohnten Tagewerk nach, nur läßt er sich jetzt etwas Zeit. Ein paar Restaurierungsarbeiten für alte Freunde, der Engel mit den verbrannten Flügeln steht immer noch in seiner Werkstatt, er hat ihn vor dreißig Jahren aus einer brennenden Dorfkirche gerettet. Ich werde ihn wohl nicht mehr herausgeben, sagte er einmal zu mir, der Pfarrer kann warten. Roberts Tage rollen dahin wie ein altes Fuhrwerk auf Gummirädern, man hört es kaum. Die Arbeit ist für ihn auch heute noch das Zentrum menschlicher Würde.

Jedem Lebewesen wird eine für sich abgeschlossene Zeit mit auf den Weg gegeben, habe ich vor Jahren einmal gelesen.

Sammle die Stunden zum Tag, die Tage zum Jahr, werde selbst Herr über deine Zeit, laß sie dir nicht von anderen entreißen, Zeit ist mehr als Geld. Es gibt aber auch Situationen, da wird dir die Zeit, deine ganz persönliche Zeit, beschlagnahmt durch den Staat, die Bürokratie, durch das Militär. Und wieviel Zeit hat man in seinem eigenen Leben durch Nachlässigkeit verloren, wieviel Zeit floß dir zwischen den Fingern unbemerkt davon?

Unsere Zeit hat die Tendenz, das Gesicht des Menschen auszuwaschen, alles, was einen tieferen Sinn hat, wird weggespült.

Den Hof des Geistes betreten, wie die Chinesen es nennen.

5. Juni

Heute früh wurde ich durch einen Sattelschlepper aus dem Schlaf gerissen, er ratterte den Waldweg entlang.

Der Wald ist krank. Ich weiß, wie das Sterben einer Fichte beginnt: Ihre Nadelspitzen werden braun. Jeder tote Baum wirft uns Menschen zurück, weiter, als wir denken. Kahl und nackt werden eines Tages unsere Wälder dastehen und der Mensch geistig und seelisch verkrüppelt.

Wir laufen den Problemen hinterher, in der Politik keine Avantgarde mehr, alles ist nur noch auf Erhalt des Bestehenden ausgerichtet, kein moralischer Zuwachs, die Parteien sind schwerfällig geworden, haben ihre Funktion als Seismograph verloren, das Sein mit seinen tiefer liegenden Schichten wird nicht mehr angesprochen, man hat sich politisch mit dem Überlieferten als retardierendes Moment zufriedengegeben.

Die Mehrzahl der Menschen lebt in einer Bewußtseins- und Sinnkrise; sie haben es schwer, eine neue Sinngebung zu finden. Sie leben in einer Zeit, die ausschließlich nach außen gewandt, die auf Erfolg bedacht, einer Zeit, die sich rechnen läßt. Der Bürger in unserem Land steht undurchschaubaren Machtstrukturen gegenüber, die Demokratie ist zu einer Sackgasse geworden, täglich müssen wir erleben, wie sich außerparlamentarische Kräfte der Staatsmacht bedienen, von einem ökonomischen und sozialen Gegenpol ausgehen, der im eigenen Egoismus verankert ist.

Die Gewissenlosigkeit ist zu einem entscheidenden Element unserer Gesellschaft geworden. Was aber ist es, das die Menschen so gewissenlos macht? Ist es der Kampf um das bessere Startloch, die Angst vor der Arbeitslosigkeit, weil unter dem Gesetz der Freien Marktwirtschaft alles durch einen rücksichtslosen Wettlauf entschieden wird? Die Marktwirtschaft, so, wie wir sie heute erleben, ist eine verhältnismäßig niedrige Stufe menschlichen Denkens. Gewiß, die Freiheit ist auf vielen Gebieten grenzenlos, doch die Politiker sind an einer neuen Konzeption der Verantwortung überhaupt nicht interessiert.

Wirtschaftliche Systeme dürfen vom Menschen niemals als Schicksalsform begriffen werden. Unterschiedliche Wirtschaftsformen sind immer auch unterschiedliche Denkstile, führen zu unterschiedlichen Bewertungen. In einer Gesellschaft, wo alles zur Ware wird, hat die Sinnzerstörung ihre ersten Freudenfeuer angezündet.

Die Pestbeulen: die Verlogenheit der Gesellschaft, die Heuchelei, die innere und äußere Korruption.

Man muß den Stein zum Tanzen bringen.

Am Abend lege ich die Leuchtpistole auf den Tisch. Vor der Wende hatte ich Tür und Fenster der Hütte den ganzen Tag geöffnet, da legte man nur des nachts eine dünne Kette vor das Schloß. Heute kommen sie von weit und schreiben ihre Gaunerzinken an die Wände oder an den Zaun:

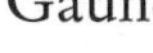 Hier bekommt man Geld

 Wohnung eines Polizisten

 Hier kann Gewalt ausgeübt werden

 Leute lassen sich einschüchtern

 Frommtun

Im vergangenen Jahr wurden in den Wochenendsiedlungen rings um Tambach-Dietharz weit über hundert Einbrüche verübt. Was nicht niet- und nagelfest war, wurde mitgenommen: die Kettensäge, der Rasierapparat, die Kaffeemaschine, Winterstiefel, Bettlaken und Pullover. Es hat Datschen gegeben, da haben die Einbrecher alles zerschlagen, haben auf einem Eßteller ihre menschliche Notdurft hinterlassen und auf den Tisch gestellt.

Die Zeiten sind vorbei, wo wir mit einem Grashalm unsere Tür verschlossen haben.

In der Nacht kann man hören, wie die Zeit anfängt zu schweigen, ein Schweigen, das immer tiefer wird.

Um Mitternacht, in der Stunde der tiefsten Ruhe, tauchen am Horizont meines Traumes Delphine auf.

8. Juni

Ein ruhiger Dauerregen überflutet das Land, keine Sturzflut, lautlos fallen die Regentropfen ins Gras. Ich sehe, mit welcher Freude sich die Vögel dem Bad hingeben, die Amsel flötet, die Rinder liegen zufrieden unter den Bäumen. Mit dem Regen fallen die kleinen braunen Hüllblätter der Buchen zu Boden.

Es gibt Tage, da wartet man auf eine außerordentliche Begebenheit, auf ein Ereignis, einen Brief, auf einen unvorhergesehenen Besuch, der das Gleichmaß der Stunden unterbricht, aber nichts geschieht, und doch scheinen sich hinter dem Horizont Katastrophen vorzubereiten. Wer scharfhörig ist, kann von Zeit zu Zeit die große Mühle mahlen hören. Keiner weiß, auf welche Art und Weise die Natur zurückschlagen wird, doch ihre Schläge werden furchtbar sein. Die Natur hat ein längeres Gedächtnis als der Mensch.

Ist es uns Menschen noch immer nicht bewußt geworden, daß wir durch unser Handeln den Tod angerufen haben? Keine Stalinorgeln, keine Bombenteppiche, nein, das alles ist Vergangenheit, etwas ganz anderes bereitet sich vor, die Natur wird den Menschen in die Schranken fordern. Hat nicht Peter Huchel bereits in seinem Gedichtband »Chausseen, Chausseen« von den »tauben Ohren der Geschlechter« gesprochen, von einem »Geschlecht, das eifrig bemüht ist, sich selbst zu vernichten«?

Die neue Währung, mit der wir in Zukunft unsere Schulden bezahlen müssen, wird nicht durch die Deutsche Bundesbank garantiert, die neuen Werte werden gesetzt im Hinblick auf die Unteilbarkeit des Lebens.

Nachdenken über den eigenen Nacken, ehe das Fallbeil fällt.

Lektüre. Der Mensch wird von unübersehbaren physikalischen und biologischen Feldern umgeben, wir ertrinken in einem Meer von Feldern. Manchmal ahnen wir ihre Existenz, können sie mit unseren Apparaturen registrieren. Woher kommen sie, wer hat sie aufgebaut? Ist es möglich, daß diese Felder mit anderen Feldern kommunizieren? Sie machen nicht viel von sich her, treten ein ohne Lärm. Vielleicht sind sie nichts anderes als der Schatten Gottes, der durch das Weltall geht.

Trifft es zu, daß die Kapillaren eines Baumes sich verengen, wenn ein anderer Baum in seinem Umfeld gefällt wird? Aus welchen geheimen Kraftfeldern bestehen unsere Vorahnungen, die sich Tage später erfüllen? Gibt es Dinge, die uns die Wissenschaft verschweigt?

Wir kennen von der Natur immer nur die sichtbare Seite, die denkende ist uns bis heute verborgen.

10. Juni

Die hellsten Tage des Jahres brechen an. Die Kastanienbäume stehen in Blüte, der Goldregen schaukelt an den Zweigen, selbst die Kartoffel in den Schrebergärten hat ihre kleinen Lichter aufgesteckt, der große goldene Hahnenfuß meldet sich zu Wort und der Raps mit seinem leuchtenden Gelb zeigt auf den Feldern den Bienen den Weg.

Den halben Vormittag war ich unten im Dorf und habe eingekauft. Die große weiße Katze, die vor zwei Wochen hochträchtig an der Hütte vorbeikam, hat ihren Platz zwischen der Hüttenwand und dem gestapelten Holz nicht angenommen, ich bin ihr vor dem Bäckerladen begegnet, es sah ganz so aus, als hätte sie hier ein Zuhause.

Gegen Mittag, als ich mit vollem Rucksack auf dem Hög ankam, lag Mnemosyne im Lehnstuhl auf der Wiese, eingehüllt in eine Decke. Sie war eingeschlafen, und das Buch, aus dem sie gelesen, war ihr aus der Hand gefallen. Ich hob es auf, es waren die Oden von Pindar ...

... es war im Frühling 1943, hinter Salerno. Das Regiment war auf dem Weg nach Sizilien. Wir lagerten in einem riesigen Olivenhain, nur die Antennen der Funkwagen ragten da und dort über die Kronen der Olivenbäume hinaus. Plötzlich waren sie da, die Jagdbomber, die Kentauren der Luft. Dreimal flogen sie an, vom Meer her, im Tiefflug. Schon beim ersten Anflug hatten sie mitbekommen, daß wir uns kaum zur Wehr setzen konnten, die Kronen der uralten Olivenbäume versperrten den Richtkanonieren an den Vierlingen die Sicht. Es war für die Piloten die Arbeit von wenigen Sekunden, ein Druck auf den Knopf, und die Splitterbomben klinkten aus. Ein kurzer Morgenritt über das Mittelmeer und eine Stunde später saß man wieder drüben in Afrika bei einer Tasse heißem Tee. Fliegen konnten sie, die Burschen aus Kanada.

An jenem Abend wanderte ich durch das Land, sechs Kilometer nach Süden, dem Meer entgegen, bis zu den Tempeln von Paestum. Es ging über abgeschossene Äste hinweg, durch kniehohes Bodengestrüpp, ausgebrannte Felder. Die Landschaft lag leer, eine blaugrüne Ebene mit ausgetrockneten Sümpfen, unter dem Stiefel stäubte die Erde, die Gräser waren scharf wie Messer, brüchig wie Glas. Ich stolperte durch zugewucherte Löcher, schlug hinunter, Zwergsträucher hielten mich mit ihren Dornen fest. Ein verödetes Land, die Malariafliege summte, bleiche Vogelkadaver lagen am Weg, kniehoch brannte der Ginster, eine melancholische Gegend und im Hintergrund das Gebirge, kaum bewohnt, wild, unzugänglich. Und plötzlich auf beiden Seiten der antiken Straße Steintrommeln, Bruchstücke, Trümmerhalden, Quadern und Kapitelle, wahllos durcheinander geworfen und dahinter die Tempel. Einen Augenblick lang hielt ich den Atem an. Hier also beginnt das griechische Licht, dachte ich, Orbis terrarum. Das Himmelsgewölbe ruhte leuchtend auf den Säulen, blau, dann kam das Meer, glasgrün in der Nähe des Strandes, am Horizont ein silbernes Grau. Ein Anruf, dem sich keiner entziehen kann.

Schon damals hatte ich die ausgezeichnete Studie von Ludwig Curtius über die Tempel von Paestum gelesen. Ich kannte seine Gedanken über die Genesis der Formen, über die Dumpfheit der Basilika, den Alpdruck, wenn man zwischen ihren

Säulen steht, ich erinnerte mich an jene Stelle, wo er von der Persönlichkeit des Poseidontempels spricht, von der aufsteigenden männlichen Kraft seiner Säulen, der wiederkehrenden Beruhigung. Das alles aber blieb in mir tot. Ich stand diesen Tempeln gegenüber, und nichts regte sich in mir. Ich habe dann die Säulen der Basilika gezählt, den Abstand mit meinen Schritten gemessen, neun Säulen an der Front, achtzehn Säulen an der langen Seite. Ich bin von Säule zu Säule gegangen, habe sie mit meinen Händen berührt, legte die Finger in die gelben Kannelüren der Steine, keine Geborgenheit, die Zikaden schrien, und ich hatte immer noch die Schreie der Verwundeten im Ohr. Und doch wurde in diesen Tempelbauten alles geleistet, was damals vor 2.400 Jahren den Menschen möglich war, die Bändigung des Maßlosen inmitten einer barbarischen Epoche. Jeder behauene Stein, jede Säule, jedes Kapitell war wie ein Gedanke, nicht verfolgbar bis zu seinem Ursprung, aber sichtbar bis auf den heutigen Tag. Welch eine Mühe, dem menschlichen Geist solche Formen abzuringen.

In dieser Stunde stand plötzlich eine andere Antike vor meinen Augen auf. Kochender Lärm schlug an die Säulen des Tempels, ein Überdruck an Bevölkerung, Poseidonia schon damals ein volkreicher Ort, wie es die alten Schriftsteller nannten, eine Stadt auf engem Raum, die Menschen zusammengepfercht, die Häuser oft engbrüstig und schmal, die Steine auf den Straßen grau und schmutzig, wenig Grün. Zwischen den Häuserwänden siedete die Luft, stickig, voller scharfer Gerüche. Auf dem Marktplatz boten die Töpfer ihre Waren an, Krüge, in der Sonne gebrannt, Pinselstriche auf den Vasen, rote Mäander, auf der Erde das Obst, die Trauben dunkelblau, wachsgelb die Pomeranzen, Kränze getrockneter Feigen, überlaut standen die Schreie der Händler in der Luft. Aber auch Lagerhallen, Silos, Wein und Korn, Stoffe, staatliche Reserven und, nicht zu vergessen, die Soldaten, gut genährt, denn immer wieder mußten Griechen gegen Griechen kämpfen, die Offiziere großspurig wie zu allen Zeiten. In den Seitengassen hockten die samentrinkenden Huren, in den Kellern die Gesichter der Armut und des Hungers, Fäkaliengestank, Schimpfworte, keifender Haß, Salpeter im Mauerwerk, das alles war damals schon da. Aber draußen, vor den Mauern der Stadt, sehr fern dem Bewußtsein der Menschen, eine graue blendende Steppenlandschaft, eine brennende Ebene mit Sümpfen, am Horizont die harten Konturen der Berge, ein abgeholztes Gebirge, kahles Gestein, ein Ort der Verdammnis. Großflächig kam der Wind über das Meer bis zu den hölzernen Schiffen, die an der Kaimauer lagen. Und die Basilika? Kein Himmel leuchtete in diesen Tempel hinein, der Bau war überdacht, die Cellamauern geschlossen, die Säulen ein grelles kalkiges Weiß, darüber die bunten Farben blau, gelb und rot. Wir sträuben uns, wir wollen es nicht wahrhaben, viele Flächen waren mit Farbe abgesetzt, auch die Skulpturen farbig überhöht, keine honigbraunen Kannelüren, für uns ein barbarischer Anblick. Man sollte sich nicht selbst betrügen.

Ehe ich den Rückweg antrat, schloß ich die Augen. Ich prägte mir ohne ersichtlichen Grund die Landschaft, die Tempel mit all ihren Einzelheiten ein, selbst die Arten der Gräser. Nur keine falschen Bilder mit nach Hause nehmen; was unecht ist, lieber liegengelassen, und nur nicht vergessen, daß man die Bilder seines Lebens eines Tages deuten muß.

In Paestum, vor dem Poseidontempel habe ich zum erstenmal begriffen, was Ehrfurcht ist. Seine Säulen haben mich Entschlossenheit gelehrt, aber auch Geduld. Kein anderes Bauwerk hat mich so in die Knie gezwungen wie dieser Tempel. Jahrtausende haben auf diesen Säulen ihre Last zurückgelassen, und keine ist geborsten.

Woher kommen die Erinnerungen? Irgendwo müssen sie doch ein Zuhause haben, ehe sie wieder Gedanken werden. Was ist das für ein Resonanzboden, sind es wirklich die morphogenetischen Felder? Sollte meine ganze innere Biographie, diese »verborgene Menschennatur« in diesen Feldern gespeichert sein? Wenn man diesen Gedanken konsequent zu Ende denkt, verliert man unter den Füßen den Boden, die Welt beginnt zu schweben.

Morphogenetische Felder sind den Räumen übergeordnete Realitäten, schreibt Sheldrake, sind ohne Evolution undenkbar, sie haben sich entwickelt, geben ihre Ergebnisse weiter. Diesen Feldern muß nicht nur ein Gedächtnis innewohnen, sie müssen auch voller Intuition sein, voller Kreativität.

Sieh genau hin, sieh durch den Spalt, ehe die Tür wieder zuschlägt.

12. Juni

Der Wind hat die rotweißen Blütenblätter der Kastanien abgeweht, der Weißdorn ist verblüht, die letzten Frühlingstage stehen vor der Tür, die gefiederten Sänger gehen sparsamer mit ihrer Stimme um.

Wer Ohren hat, der höre: Wenn der Wind aussetzt, vernimmt man aus den Hecken das zaghafte Piepen der Vogelkinder.

Seit Tagen denke ich an die hundert kleinen Arbeiten, die eine Datsche mit sich bringt, man sieht, wie die Dinge altern, ein kleiner Riß im Fensterladen, im vergangenen Jahr war er noch unsichtbar, die Regenrinne ist an mehreren Stellen durchgerostet, da und dort löst sich auf dem Dach eine Schieferplatte. Es gibt aber auch Arbeiten, die man Tag für Tag neu angehen muß: Holzhacken und Schreiben, Schreiben und Holzhacken. Solche Arbeiten sind in der Zeit, sie kommen und gehen wie die Gezeiten am Strand.

Den Garten hinter der Hütte habe ich nicht mit Stockrosen bepflanzt, keine Kaiserkronen, kein Rittersporn, aber dafür blühen auf der Wiese kniehoch die Gräser, die Glockenblumen, der Wiesensalbei, Vögel finden sich ein, die Amsel, die Meise, der Stieglitz, in der Dämmerung kommen die Rehe.

Ich trauere noch heute den Feldblumen nach, die ich als Knabe auf den Wiesen meiner Heimat gepflückt, da leuchtete und brannte es auf den Feldern, an den Feldrainen Blume neben Blume, Gras neben Gras, hoch und groß schwankte der Fingerhut, der Rainfarn zündete sich an, die Blüten der wilden Möhre reichten dem Knaben bis an die Brust, der weiße und rote Klee duftete bis in die Schlafkammer.

Die Botanisiertrommel vor dem Bauch, so zogen wir durch Wiese, Wald und Feld. Heute suche ich vergebens unter den Schmetterlingen nach einem Admiral, einem Ordensband, nach einem Schwalbenschwanz, sie alle gehören der Vergangenheit an, wenn man Glück hat, begegnet man einem Trauermantel, einem Tagpfauenauge. Das verklärende Licht der Knabenzeit, ich finde es nur noch auf den Flügeln eines Kohlweißlings wieder. Aber auch die Vielfalt der Blumen auf den Waldwiesen, wo ist sie hin? Geblieben ist das Gefühl der Zeitlosigkeit: eine Stunde lang auf dem Waldboden liegen und mit geschlossenen Augen auf das Rauschen der Wälder hören, auf das dunkle Brausen, das aus der Ferne kommt, anschwillt, immer voller wird und dann in den Baumkronen über dir zu einem vollen Choral ansetzt.

Ich bin in einem Alter, wo die Dinge zwischen Sein und Nichtsein durchlässiger werden, man wird sich bewußt, daß sich die Dinge gar nicht so gewaltig voneinander unterscheiden, wie man früher angenommen hat. Der Mensch lebt im Alter keineswegs bewußter, er lebt umfassender, viele Dinge verlieren ihre Anziehungskraft, man nähert sich dem Absoluten, dem Gültigen, die Toleranz nimmt zu.

Es ist spät geworden, ich trete vor die Tür, der Mond ist fast schon voll. Alles liegt in einem tiefen Schlaf, der Baum, der Strauch, das Gras, ja selbst die Luft scheint eingeschlafen. Die Welt ist plötzlich ohne Leben, ohne Farbe, alles ist wie erstarrt, regungslos, eine tiefe dunkle Ruhe lastet auf dem Hög, auch im Wald scheinen die Tiere nicht mehr unterwegs zu sein.

13. Juni

Heute nacht träumte ich von der Hütte. Das Holz fing an zu wachsen, zu grünen, zu blühen, die Zeichnungen im Holz wurden Gesichter, Menschengesichter, Tiergesichter, die Knorren fielen aus den Brettern, gaben den Blick in andere Räume frei, und plötzlich hatte die Hütte keine Wände mehr, keinen Boden, kein Dach, sie begann zu schweben.

Was ist das nur für ein Strauch, der hoch in den Kronen der Bäume sitzt. Auch im härtesten Winter bleiben seine Blätter grün. Für unsere Großväter war dieser Halbstrauch keine Pflanze, sie sahen in ihm ein lebendiges Wesen, das alle Schattenseiten des Lebens kennt, allen Gefahren Trotz bieten kann.

Unweit von Tambach findet man am Rande der Bergwiesen Bäume, in deren Kronen sechs bis acht Mistelbüsche sitzen. Sie alle haben einen kurzen Stamm, grünblaue gabelige Zweige, ihre Blätter sind zungenförmig, ledrig. Sie haben kleine unscheinbare Blüten, Trugdöldchen, erbsengroße Fruchtbeeren, sie leuchten weiß bis hinüber ins Gelb und reifen erst Ende November, Anfang Dezember.

In der nordischen Mythologie wurde der Sonnengott Baldur durch einen Mistelpfeil getötet, der Todesschlaf der Brunhilde wurde mit Hilfe einer Mistel ausgelöst. Ihre Äste dienen dem Menschen heute noch als Wünschelrute, ihre Zweige sprengen Schlösser, legt man einen Schwalbenflügel auf eine Mistel, so sammeln sich sämtliche Vögel der Region um den Busch. Wenn man eine Mistel pflückt, darf sie die Erde nicht berühren, auch sollte man sie nur dann schneiden, wenn die Sonne im Löwen steht, tief im August. Meine Großmutter nannte die Mistel den Mahr der Bäume, denn eine Mistel wächst immer nur auf den Ästen, auf denen der Nachtmahr geritten ist. Viscum album, weiße Mistel, Vogelkraut, Wintergrün.

Ich kann mich an den Bewegungen meiner Katze nicht satt sehen. Nie habe ich bei einem anderen Tier eine solche Körpersprache erlebt, solche sprechende Augen.

Baudelaire las aus den Augen seiner Katze, der schönen Feline, die Zeit; es war die Ewigkeit.

Am späten Abend blättere ich in den alten Mappen. Da hat man vor Jahren irgendwann, irgendwo etwas liegengelassen, ein paar Gedanken, ein paar Metaphern, und plötzlich findet man das alles wieder.

Es muß Mitte der achtziger Jahre gewesen sein, im Jahr der Behinderten, als ich dieses Gedicht geschrieben.

Langdon-Down-Syndrom

Was soll ich tun,
mein Kind,
soll ich mit dir
ins Land der Vögel gehen,
um bewohnbar zu machen
die Trauer des Tages?

Auf keiner Schulbank wirst du sitzen,
wenn andere Kinder nach dir rufen,
wirst du sie kaum verstehen,
um Haaresbreite
hast du dich selbst verfehlt,
ein Chromosom zuviel.

Wer weiß,
vielleicht ruht sich dein Ich
in diesem Leben aus,
aber der Engel,
der auch durch deinen Schlaf geht,
läßt seine Spuren zurück.

Kind,
solange ich lebe
sind meine Hände dir
ein Dach.

17. Juni

Heute nacht hat mich im Traum Mnemosyne gerufen. Komm zu mir, rief sie, es wird Sommer! Du kennst doch die Fähre, die von Reggio hinüber nach Messina geht, ich werde auf der anderen Seite der Wasserstraße auf dich warten ...

... was war das nur für ein Tag, dieser 27. Juni 1943, war er aus der Zeit herausgefallen? Noch war auf Sizilien keine Front, noch sammelten sich in den ägyptischen, den marokkanischen und algerischen Häfen die Landungsboote der Alliierten, die Truppentransporter, die Kriegsschiffe.

Seit sechs Uhr früh war ich mit dem Motorrad unterwegs. Ich hatte vom Regimentskommandeur vierundzwanzig Stunden Sonderurlaub bekommen und wollte mit dem Krad die Bergstraße hinauf auf den Ätna, um in die Lavafelder einzusteigen. Ich weiß bis heute nicht, was mich damals trieb, wer mir den Gedanken eingab, in eine Steinwüste zu fahren. Vielleicht wollte ich für ein paar Stunden aus dieser waffenstarrenden Zeit ausbrechen. Es waren die Tage der Tiefflieger, die auf jeden einzelnen Soldaten Jagd machten, wenn er sich in der offenen Landschaft sehen ließ.

Langsam fuhr ich den Berg hinauf, ich hatte Zeit. Von Stunde zu Stunde weitete sich der Blick. Die Landschaft streckte sich unter dem hellen, weitsichtigen Licht des Tages, da und dort ein paar Ortschaften, grell leuchteten die Häuser in ihrem kalkigen Weiß, das Meer, ein zartes diesiges Blau, schnittgerade der Horizont. Im Süden eine fruchtbare Ebene mit Weingärten, Olivenhainen und Getreidefeldern. Obwohl die Sonne flammte, war es luftig und kühl, der Wind nahm zu, sauste beim Fahren im Ohr. Manchmal hörte ich aus der Ferne das harte Knarren der zweirädrigen Eselsgespanne, dann wurde es wieder still. Die Villen, die Oliven- und Mandelhaine, aber auch die Regionen der Kastanienwälder lagen lange schon hinter mir, das Licht rann nicht mehr durch das Blätterdach der Laubbäume, die Gegend wurde immer eigenwilliger, verlassener, schwarz gegen den Himmel stiegen in der Ferne die ersten Lavafelder an.

Ich hatte Glück bei der Wahl meiner Straße, der Boden war noch nicht von Panzerketten aufgewühlt. Als ich die letzten Sträucher zurückgelassen, stieß ich auf einen kaum befahrenen Weg, auf eine Trittspur, die sich im Lavafeld verlor. Ich legte das Motorrad auf die Erde, tarnte es mit ein paar Zweigen, mit Mooskissen und Gras.

Plutonisches Gestein, Erdinneres, kein Mutterboden, wohin das Auge auch sah: schwarze Steine, Lavafelder, Steinbomben, schlackengrau, kilometerweit aus dem Krater geschleudert, aber auch Lavaströme, erstarrt, in sich gestuft. Keine Blüten standen hier gegen den Himmel, ein Schattenreich, leer, nur da und dort ein paar messingfarbene Moose, kleine Opuntien, Eidechsen schossen zwischen den Blöcken hin und her, perlenhaft spielte mit ihnen das Licht. Der Himmel war leergefegt, keine Wolken, der Wind fauchte um die rostigen Felsen, verfing sich im Labyrinth der Steine, heulte auf, fiel in sich zusammen, zwei Habichte zogen ihre Kreise, stießen von Zeit zu Zeit einen Schrei aus. Je tiefer ich in das Lavafeld eindrang, um so weiter zog sich der Gipfel des Berges zurück. Ein magischer Berg, ein metaphysischer Ort.

Plötzlich kamen ein paar Ziegen den Berg hinab, sprangen wie ein munterer Bergbach durchs Lavafeld, ihr Vlies war silbergrau. Ich hörte deutlich den hornigen Klang ihrer Klauen auf dem Stein. Manchmal blieb eine Ziege auf einem Lavablock stehen und sah hinaus in das Land. Hinter den Ziegen kam der Hirt mit seinem Schäferhund.

Er kam auf mich zu, ganz langsam, dann standen wir uns gegenüber. Der Mann hatte kein bäuerliches Aussehen, er sah auch nicht aus wie ein sizilianischer Berghirt, obwohl er mit einer beachtlichen Ziegenherde unterwegs war. Er holte aus seiner Umhängetasche ein Stück Brot, eine Handvoll Feigen und reichte sie mir als Begrüßung. Mein Berg, sagte er und machte mit seiner Hand eine Bewegung, die den halben Himmelskreis umschloß. Es waren die ersten Worte, die er zu mir sprach.

Als wir ein Stück gemeinsam gegangen waren, sagte er: Komm, Soldat, laß uns auf einen Lavablock sitzen, meine Füße sind müde von den Jahrhunderten. Von hier aus kann man weit hinaus auf das Meer sehen, ich hatte schon immer Sehnsucht nach dem Meer. Siehst du die Landsichel dort, wie sie ausschwingt? Und nach einer Weile: Ich freue mich, einem Menschen hier oben zu begegnen. Woher kommst du? Es gibt auf der Straße jetzt viel Verkehr, Lastkraftwagen, gepanzerte Fahrzeuge, Kanonen.

Mehr als zweihunderttausend Mann stehen auf der Insel unter Waffen, sagte ich, doch die Straße, die hier auf den Berg führt, wird von den Soldaten nur selten befahren. Vor einem halben Jahr war ich noch im Donbogen.

Der Krieg hat dich auf eine der schönsten Inseln verschlagen, die es im Mittelmeer gibt. Wer war es, der euch nach Sizilien geschickt hat? Tag und Nacht sehe ich von meinem Berg aus eure Leuchtspurgeschosse, wie sie auf- und abschwingen, leuchtende Ruten, sehe, wie sie ins Ziel gehen, feindliche Flugzeuge abschießen. Zweitausend Jahre lang brennende Städte, geplünderte Dörfer. Was ist das nur für ein Leben, wo man sich zum Schlafen auf eine Zeltplane legt, das geladene Gewehr im Arm, den Stahlhelm als Kopfkissen.

Der Fremde schwieg. Hart prallte das Licht auf die Lavafelsen, fauchend kam der Wind den Berg herab.

Man hat uns immer gesagt, der Krieg sei der Vater aller Dinge!

Soldat, wenn man zitiert, sollte man den ganzen Text zitieren: Der Krieg ist der Vater aller Dinge und aller Dinge König, die einen macht er zu Göttern, die anderen zu Menschen, die einen zu Freien, die anderen zu Sklaven.

Nach diesen Worten blickte er lange hinaus auf das Meer, dann sagte er: So silbern sah das Metall aus, das wir in Agrigent geschmolzen. Kennst du Agrigent?

Nein, nie gehört.

Das habe ich mir gedacht, es ist das heutige Girgenti. Du solltest dir diese Stadt einmal ansehen, ehe der Krieg sie dem Erdboden gleichmacht. Zwölf Jahre war ich alt, als Asien bei Salamis und Afrika bei Himera geschlagen wurde. Die Gefangenen, Tausende an der Zahl, haben für unsere Stadt den Tempelschmuck gemeißelt, in den Schwefelgruben haben sie gearbeitet, und am Abend wurden sie in Ketten gelegt.

Stille trat ein, auch nicht der Schrei eines Falken, nur der Wind kam jetzt aus der Ebene herauf, es war ein heißer punischer Wind.

Als ich jung war, habe ich in meiner Vaterstadt die Pest bekämpft, habe das Land um Selinunt gesund gemacht und Agrigent vor dem afrikanischen Wüstenwind geschützt. Immer wieder habe ich den Menschen gesagt, befreit euch vom Joch der Tyrannen, für die politische Gleichheit der Bauern bin ich hinaus auf die Straße gegangen. Breit ausgespannt ist das Gesetz der Gerechtigkeit im All, und doch haben sie auch mich aus meiner Vaterstadt hinausgetrieben wie einen Hund. Als ich so alt war wie du, habe ich an einem Gerechtigkeitswahn gelitten, heute weiß ich, daß die Geschichte immer nur sich selber sieht und daß die Gerechtigkeit abseits der Armeen marschiert, halb verhungert und in Fetzen gekleidet. Die Männer wollen immer nur König sein, Königsgedanken aus einem leeren Männerkopf.

Lautlos trottete der Hirtenhund auf uns zu, leckte dem Herrn die Hand und setzte sich an seine Seite. Eine ganze Weile saßen wir so auf dem Lavablock und sahen hinaus in die sizilianische Ebene. Ein Schäfer, ein Ziegenhirt, nein, seine Herkunft muß eine andere sein.

Soldat, seit Jahren war ich nicht mehr drunten in der Ebene, ich bin auf meinem Berg geblieben. Sag, sind die Menschen noch immer so unersättlich in ihrer Lebensgier, als ob sie morgen schon sterben müßten, und protzen sie noch immer mit ihrem Besitz, mit ihren Villen und Palästen, als ob sie ewig leben würden?

Wenn ich dir so zuhöre, sagte ich zu dem Fremden, bist du der menschlichste unter den Menschen, der mir bis heute begegnet ist. Vor zweitausendvierhundert Jahren, so habe ich bei Hölderlin gelesen, hätte sich auf dem Gipfel des Ätna ein Mann in den Krater gestürzt, er hieß Empedokles.

Die Geschichte hat die Frage nach seinem Tod bis heute offengelassen. Wenn du willst, kannst du den Sprung in den Krater für bare Münze nehmen. Ich vermute, die Götter haben ihn den Augen der Menschen für immer entrückt, vielleicht wurde er aufgenommen in den göttlichen Sphairo, wo es keine Gegensätze mehr gibt. Was wissen die Menschen heute noch von jenem großen Atem, der sie trägt? Auch du wirst eines Tages aus der Erscheinung zurücktreten und, wenn es an der Zeit ist, in sie wieder eintreten.

Wie soll ich das verstehen?

Auch du, Soldat, warst schon einmal Knabe und Mädchen, Pflanze und Vogel und stummer Fisch des Meeres. Es ist nicht leicht, durch mehrere Erdenleben zu gehen und die Kettenglieder der einzelnen Geburten zu erkennen. Immer wieder vermischen sich die Wasser der Gegenwart mit den Wassern der Vergangenheit und der Zukunft. Kein Tier ist vernunftlos, selbst die Pflanzen sind von Wünschen beseelt, fühlen, freuen sich und leiden.

Fremder, kannst du mir sagen, wer du in Wirklichkeit bist?

Auf einem solchen Berg zählen keine Namen, ich kann dir immer nur sagen, wer ich nicht bin.

Der Gipfel des Ätna hatte sich in der letzten halben Stunde in Wolken gehüllt. Dort oben tobten in dreitausend Meter Höhe die Stürme, doch die Wolkendecke rührte sich nicht.

Der Fremde war aufgestanden. Ich muß zurück auf den Berg, sagte er, die Ziegen werden unruhig, sie warten nicht gern. Wenn du wieder bei deinen Kameraden bist, denk daran, auf diesem Berg ruht die Zeit noch wie ein Samenkorn in der Erde. Im Tal hat der Haß die Menschen getötet, hat Tote aus ihnen gemacht. Unsere Seele wird auch heute noch von den Tränen des Prometheus getränkt. Dann reichte er mir die Hand, setzte seinen Hut auf, griff nach dem Stock und pfiff seinem Hund. Ich sah, wie er sich mit jedem Schritt von mir entfernte, die Konturen seiner Gestalt wurden schwächer, lösten sich auf, und ich konnte aus der Ferne nur noch das Meckern der Ziegen hören.

Als ich am späten Nachmittag den Berg hinabfuhr, ahnte ich noch nicht, daß dreizehn Tage später, an der Südküste von Sizilien, im Raum von

Gela und Syrakus die Landung der alliierten Streitkräfte beginnen würde …

Ich kam dir entgegen
an der Mauer von Syrakus,
fliehendes Vaterland.

Segesta
habe ich vom Kübelwagen aus gesehen,
Fallschirmseide
lag auf den Feldern.

Nebelpatronen
jagten wir hinauf
in das antike Blau.

In den Dörfern
landete die Nacht,
Leuchtspur im Nacken.

24. Juni

Der weiße Hagedorn steht in voller Blüte, der Schatten unter den Bäumen ist dunkler geworden, kräftiger, keine Lichtflecken mehr. Ein herber bitterer Duft kommt vom Wegrand auf mich zu, der Holunder blüht.

Jeder Frühling hat seine Tragik. Aus der Fülle der Blüten steigt Bangigkeit auf. Haben wir Angst vor dem Verlust der Schönheit?

Den halben Vormittag saß ich im Garten und sah zu, wie eine große dunkle Raupe sich verpuppte. Am Abend hing sie in einer geschlossenen Hängematte aus grauer Seide am Ast. Nun ruht sie aus und wartet, bis sie im kommenden Jahr als Schmetterling erwacht.

Für uns Menschen ist die Metamorphose etwas schwieriger, wir müssen nicht nur durch unserer Hände Arbeit etwas erreichen, wir müssen auch in unserer Seele etwas bewegen, im Geistigen etwas tun, um auf einer neuen Bewußtseinsebene anzukommen. Wir können uns nicht in eine Hängematte legen und warten, bis die Natur ein höheres und schöneres Wesen aus uns gemacht hat.

Um die alte Residenzstadt Gotha ziehen sie ihre Kreise, die schwarzen schreienden Vögel. Mit ungeduldigem Flügelschlag warten sie, bis wieder ein Stück Fleisch auf den Schinderacker geworfen wird. Mit steilem gierigen Schnabel stoßen sie von oben herab auf die Beute. Man weiß nicht, woher diese geflügelten Wesen gekommen sind, diese schwarzen Begleiter der Demokratie.

Die Eckpfeiler unserer Demokratie sind brüchig geworden, die Monotonie in der Gesellschaft nimmt zu. Wenn der Bundestag diskutiert, wieviel blaue Enten steigen dann vom Rednerpult auf, wenn die Politiker das Wort Basis-Demokratie hören, rufen sie wie die Eulen ihr Uhu in die Nacht.

Große Teile unserer Gesellschaft sind verkrustet, in sich selbst erstarrt, hier gibt es keine

Visionen mehr, da ist alles auf Erhalt und Erweiterung des Vorhandenen eingeschworen. Der Staat ist zu einer Erfüllungsmaschinerie geworden, vergebens sucht man nach einer tragenden Staatsidee. Da ist ein politisches Gedränge, ein Gemauschel in den Parteien, ein Krämertum, das ohne Wertvorstellung an die Arbeit geht.

Die demokratischen Spielregeln von heute reichen zur Lösung der menschheitsbedrohenden Aufgaben nicht mehr aus. Die Zeit des Erbsenzählens ist vorbei. Demokratie sollte immer mehr sein als das, was durch Abstimmung zum Ausdruck gebracht wird. Substanz setzt Wahrheit voraus.

Wie müssen wir denken, wenn wir die Zukunft bestehen wollen? Eine Frage, die Thomas von Aquin schon gestellt hat.

Es gibt Abende, deren Eintönigkeit erschreckend ist. Die Stunden verlangsamen sich, werden länger, man hat das Gefühl, nicht mehr vorwärts zu kommen, es ist, als rudere man über ein tiefes, schwarzes Gewässer, die Zeit ist zu einer zähen, kaum beweglichen Masse geworden, die Fahrrinne für das Boot verengt sich.

Europa. Geht der griechische Namen Europe wirklich auf das semitische Wort *ereb* zurück, das »dunkel« heißt? Europa, das dunkle Land, das Abendland …

5. Juli

Wie aus heiterem Himmel brach eine Hitzewelle über das Land herein, das Thermometer zeigte an die vierzig Grad. Nach wenigen Tagen ließen die Blumen ihre Köpfe hängen, nun aber haben sie sich von neuem aufgerichtet, die Erschöpfung scheint vorbei zu sein, in der Nacht hatte es geregnet, das kühle Naß drang bis an die Wurzelstöcke vor.

Am Vormittag bin ich mit Robert kilometerweit durch den Wald gewandert. Man hätte die Worte zählen können, die wir zueinander sprachen.

Unweit vom Rosengarten zeigte er mir eine aufgestellte Falle, legte vor meinen Augen den Kupferdraht frei, er war sorgfältig zugedeckt mit Gras. Die Wilderei hat im letzten Jahr sprunghaft zugenommen.

Der Mensch muß die sichtbaren wie auch die unsichtbaren Tributverhältnisse kündigen, erst dann hat er die Möglichkeit, die innere Wende in die Tat umzusetzen. Diese Wende gleicht einer existentiellen Revolution, sie ist in vieler Hinsicht eine verborgene Revolution, aber dort, wo sie zum Tragen kommt, wird sie ein neues Lebensgefühl, einen neuen Lebensstil nach sich ziehen. Es wird eine Wende der inneren Harmonie sein und nicht der Unterwerfung. Diese Wende ist aber auch ein Aufstand gegen jene Kräfte, die die Geschichte selbst auf den Plan gerufen hat.

Nur aus der Liebe heraus wächst dem Menschen eine neue Wirklichkeit zu.

Der Holunder blüht immer noch. Nach dem Abblühen setzen die Dolden Früchte an, kleine grüne Kugeln, im September werden sie dunkel, ein tiefes Schwarzviolett.

Meine Mutter hat um diese Jahreszeit die blühenden Holunderdolden in flüssigen Teig getaucht und dann gebacken.

10. Juli

Ich versuche zu arbeiten, vergebens, das kleinste Geräusch vor meinem Fenster lenkt mich ab, jeder Vogelschrei wird für mich zu einem Hilferuf. Wie oft schon bin ich beim Schrei einer Katze von meiner Arbeit aufgesprungen und an das Fenster gestürzt, doch nichts war geschehen, die Katzen saßen wie immer in der Sonne, die Vögel im Geäst, die Angst um die Kreatur kam aus mir selbst.

Vergebens habe ich nach ihnen gesucht, weder auf Sizilien noch auf der Insel Hiddensee bin ich ihnen begegnet, auch nicht in Neapel. Singen habe ich sie auch nicht gehört, es gibt von ihrem Gesang keine Schallplatten, kein Tonband. Die Morgenröte wäre ihr Mantel, habe ich bei einem antiken Dichter einmal gelesen, und die Wellen des Meeres wären ihre Harfenklänge.

Ihre Lieder sollen den Menschen nicht nur verzaubern, sie sollen ihn untätig machen, eine unvorstellbare Sehnsucht soll von ihnen ausgehen. Selbst das Lied der Nachtigall wäre im Vergleich zu ihrem Gesang nichts anderes als ein Häherschrei.

Einige Soldaten, so erzählte man sich später, sollen während des Krieges den Sirenen begegnet sein. Ihre Lieder wären wie eine Luftspiegelung gewesen, wie eine Fata Morgana, die sich am Horizont der Wüste aufgebaut und wieder in Luft aufgelöst, zurückgeblieben wäre ein namenlos verstörtes Herz. Andere wieder haben auf einer Felseninsel, als sie mit dem Fallschirm aus ihrem brennenden Flugzeug abgesprungen, riesige Meeresvögel gesehen. Sie haben die gestrandeten Piloten mit ihren Krallen nicht zerrissen, nein, sie haben sie verächtlich auf der Sandbank liegengelassen.

Am späten Nachmittag Lektüre »Unter den Paranyas« von Franz Fühmann. Es sind Traum-Erzählungen, Traum-Notate, auf der Seite 172 ein sogenannter Standardtraum, wie ihn Fühmann selbst genannt hat.

»Ich bin in einem Waldlager, unter riesigen Eichen, wir bewegen dort Erde, doch ich weiß nicht, zu welchem Zweck. Wir arbeiten langsam, keiner treibt uns, wir machen ein paar Spatenstiche und werfen die Erde weg und stehen dann wieder herum und schauen über den Stacheldraht

... der Kommandant sagt dann immer sehr freundlich, es sei alles vorbedacht, was mit uns geschehe, unsere Arbeit sei unentbehrlich, und länger als sechzig Jahre daure sie nicht ... manchmal versucht einer auszubrechen, doch das ist sinnlos, weil der Stacheldraht dehnbar ist und mit uns mitgeht ... zumeist, wie gesagt, bewegen wir Erde, meist gelben trockenen Sand, der sich gut schaufelt ...«

Dieser Traum ist mehr als nur ein Standardtraum, es ist ein Schlüsseltraum, ich weiß nicht, ob sich Fühmann dessen bewußt war. Hier hat das eigene Schicksal zu ihm gesprochen, hier war Warnung und Vorausschau zugleich. Immer dieser Zwang, Erde zu schaufeln, sechzig Jahre würde es dauern, hätte der Lagerkommandant gesagt. Fühmann wurde 1922 geboren, 1984 ist er verstorben, 62 Jahre war er alt. Immer wieder hat er versucht, aus dem Gefangenenlager auszubrechen, doch der Stacheldraht riß ihn Tag für Tag zurück.

Ich habe meinen Träumen nie die Bedeutung zugemessen, wie es Franz Fühmann in seinen Traumerzählungen, den Traum-Notaten getan hat, obwohl ich bei meinem Einsatz auf Sizilien erleben mußte, daß es auch in meinem Leben Warnträume gibt. Ich stand meiner eigenen Traumwelt immer etwas skeptisch gegenüber. Um die Wirklichkeit spirituell zu erfassen, zeigen uns Träume nur noch selten den Weg, sie bringen nicht allzuviel Licht in das verschüttete Ich. Die Zeiten sind vorbei, wo König David dem Traum als Medium gedient, Spiritualität wächst uns heute aus ganz anderen Bereichen zu. Träume können aber auch zu einer Fessel werden, zu einer Droge.

Was heute Tag für Tag über den Bildschirm auf uns zukommt, ist die Potenzierung der Gewalt, sie nimmt selbst in unserer Traumwelt zu. Bis in die Gräber der Etrusker steigen unsere Traumerinnerungen hinab und wecken die Grabtiere. Wo aber sind die Träume, die uns im Leben wieder das Fliegen lehren, die uns zu Tänzern machen, Träume, mit denen wir ganze Mauern zum Einsturz bringen, Frühlingsträume, die uns die Schatten der Vergangenheit leichter machen, wo sind sie? Wir schauen schon heute der Medusa ins Gesicht, was uns von ihr trennt, ist nur noch der dünne Schleier Zeit ...

Tag für Tag fallen die Amseln, die Stare in die wilden Kirschbäume ein, ich sehe zu, wie sie die kleinen roten Kirschen schlucken.

Ist in uns Menschen nicht immer noch etwas von jener alten flügelschlagenden Sehnsucht, die uns die Vögel vererbt?

11. Juli

Der Sommer geht schwanger durch die Felder, die Kraft seiner Farben hat zugenommen, unter der Hitze sind die ersten Schoten geplatzt, Hülsen brechen auf, aus dem zarten Grün ist eine tiefe satte Farbe geworden, aus dem Frühlingshimmel ein Sommerhimmel mit einem kräftigen Blau, aber auch der Duft der Blumen hat sich verändert, er ist nicht mehr so jung, so frisch wie im Frühling, er hat etwas Müdes, Sinnliches bekommen.

Es steht schlecht um den Menschen, sagt Robert, nun fängt es auch in Tambach an.

Was fängt in Tambach an?

Die Krankheit, sie hat sich in den letzten hundert Jahren quer durch Europa ausgebreitet, die Ärzte stehen ihr hilflos gegenüber.

Von welcher Krankheit redest du?

Hast du noch nie von ihr gehört? Sämtliche Berufsschichten hat sie erfaßt, die unterschiedlichsten Lebensalter, die Politiker genauso wie die Unternehmer, die Arbeiter, die Angestellten, die Rentner.

Kannst du mir sagen, von welcher Krankheit du redest?

Von der Gewissensschrumpfung. Sie wird von Generation zu Generation akuter, potenziert sich, breitet sich aus unter den Menschen wie eine Epidemie.

Sind es Viren?

Nein, keine Viren, auch keine Bakterien, trotzdem bricht das ganze Immunsystem zusammen. Es ist eine äußerst tückische Krankheit, für das Auge unsichtbar.

Was sagen die Ärzte?

Die Diagnose ist unterschiedlich, die einen sind der Auffassung, daß diese Krankheit zuerst das Herz der Menschen angreift, andere wieder vertreten die Meinung, daß sie sich in unserem Schädel festsetzt.

Wenn das wirklich so ist, dann gehen wir ja paradiesischen Zeiten entgegen.

Paradiesisch, wieso?

Wenn das Gewissen schrumpft, gibt es in absehbarer Zeit auch keine Schuld mehr, wir werden leben wie die Tiere. Gibt es gegen diesen schleichenden Tod keine Medikamente?

Nein.

Auch keine vorbeugende Maßnahmen, keine Schluckimpfung?

Nein. Die Menschheit wird an dieser Krankheit langsam aber sicher zugrunde gehen ...

Robert hat noch im hohen Alter ein eindrucksvolles Gesicht, da ist die breite geräumige Stirn, da sind seine kraftvollen Brauen, die klugen wachen Augen. In diesem Gesicht gibt es keinen Bruch. Er hat eine dunkle beruhigende Stimme. Wenn er erzählt, so schildert er die Begebenheit mit großer Genauigkeit, mit einer Klarheit, die mich immer wieder überrascht. Seine Worte sind verhalten, aber eindringlich. Er kann äußerst behutsam erzählen, aber auch mit einer unheimlichen Härte, wenn es not tut.

Auf dem Tisch liegt seit Tagen ein neuer Atlas. Ich

schlage die Landkarte von Europa auf, sehe die Siedlungsgebiete in England, Frankreich und Deutschland, das Ackerland der Ukraine, die Wolga-Don-Steppe, die riesigen Waldgebiete im Ural, und plötzlich habe ich auch die alten österreichisch-böhmischen Kronländer im Blick, die Tschechische Republik, die Slowakei, die Bundesrepublik Österreich, Ungarn. Dreißig Millionen Menschen leben in diesen vier Ländern, aber auch die Arbeitslosenzahl in Europa liegt bei dreißig Millionen, ohne die Ukraine, ohne Rußland. Theoretisch wäre das ganze Gebiet von Eger bis hinunter nach Graz, von Feldkirch bis nach Debrecen von Arbeitslosen bewohnt, ein bedrückender Gedanke …

Im Geldstromland
zwischen Oder und Rhein,
wo die Liebe heimatlos ist,
wo der Rotstift alles streicht,
was sich nicht rechnen läßt.

Wie eine Hostie
halten wir in der erhobenen Hand
das Geldstück,
gehen von Mund zu Mund
und legen es den Menschen
auf die Zunge.

Die Freiheit,
eingeschmolzen in ein Silberstück.

Meine Katzen, pechschwarz, vier an der Zahl. Peter und Petrine liegen auf der Wiese im Gras, im Schatten einer Latschenkiefer, Julia sitzt an meiner Seite und schnurrt, ihre Barthaare zittern, die spröde Konstanze liegt im Blumenbeet. Im Spätherbst, wenn die ersten Nachtfröste auf dem Hög einfallen, werden sie ins Tierheim nach Uelleben umquartiert, um dort zu überwintern.

Die Rosen haben an Duft verloren ...

14. Juli

Der Sturm, der heute nacht von den Bergen kam, glich der Faust eines Riesen. Mit voller Wucht riß er die morschen Äste von den Bäumen, rüttelte an den Fichten, ängstlich drückten sich die Vögel in ihr Nest.

Bahnfahrt nach Gotha und zurück.

Vor fünfzig Jahren gab es auf dieser Strecke immer noch die alten Dampflokomotiven mit ihren großen schwarzen Rädern, diese metallisch dröhnenden Ungeheuer. Wenn sie durch das Gebirge fuhren, röhrten sie vor jedem Tunnel laut auf, fuhren sie ein in einen Bahnhof, vibrierte der ganze Unterbau.

Heute fährt man diese Strecke in einem Triebwagen. Er kommt in Georgenthal stets auf Bahnsteig zwei an und fährt nach kurzem Aufenthalt über Ohrdruf nach Gräfenroda. Vor dem

Bahnhof steht der Omnibus nach Tambach-Dietharz.

An manchen Tagen wartet vor dem Bus Mnemosyne auf mich. Sie kommt immer mit Hut, vor dem Gesicht einen schmalen, grauen Schleier. Man kann sich hinter einem Schleier verbergen, sagt sie, kann ihn fallenlassen, wieder hochziehn, er ist mehr als nur ein Bekleidungsstück. Vergiß nicht, der Schleier ist das Leben selbst.

Die Menschen befinden sich heute in einer bedenklichen Krise. Die Verantwortungslosigkeit nimmt zu. Eine rücksichtslose Vergnügungsindustrie mit einem organisierten Ablenkungsmanöver schlägt die Freizeit der Menschen tot. Den Preis, den der Mensch für sein bedenkenloses Lustprinzip zahlt, ist unvorstellbar hoch. Er soll genießen, nur noch genießen, den Augenblick leben. Diese Industrie konzentriert sich ausschließlich auf die Triebe des Menschen. Hier sind die neuen Zerstörer am Werk. Ich habe den Eindruck, daß es in unserem Land Kräfte gibt, die überhaupt nicht daran interessiert sind, daß der Mensch über sein eigenes Leben nachdenkt, über sein eigenes Schicksal.

Seit Jahren sprechen die Politiker von dem »Haus Europa«.

Wie werden sie ankommen, die einzelnen Völker, in einem Militärmantel, am Koppelschloß den Stahlhelm, werden sie vorfahren in einem

Maultierkarren, einem Rolls-Royce, werden sie eintreten mit Machorka in der Hosentasche oder in Lackschuhen, werden sie ihre Fahnen mitbringen und auf den Tisch stellen? Wer wird im »Haus Europa« in den Kellerräumen wohnen und wer unter dem Dach, wer wird sich niederlassen in der ersten Etage, in den Salons, und wer wird am Wochenende die Treppen scheuern? Fragen, nichts als Fragen ...

Wer war es, der heute nacht nach mir gerufen hat? Ich hörte im Schlaf eine Stimme, stand auf, beugte mich aus dem Fenster, doch draußen war alles still, der Waldweg hell vom Mondlicht ...

21. Juli

Wenn die Sterne anfangen zu verblassen, stehe ich auf, stecke die Füße in die Sandalen und gehe den Waldweg auf und ab ...

Das Blatt Papier auf meinem Schreibtisch ist immer noch leer, und doch hat sich die künftige Form der Aufzeichnung bereits angekündigt, da ist eine Resonanz, die nur das innere Ohr wahrnimmt. Es ist, als wäre ich plötzlich in ein magnetisches Kraftfeld eingetreten, das die Eisenfeilspäne zwingt, bestimmte Strukturen anzunehmen.

Die Begegnung mit Mnemosyne, wohin wird sie mich führen? Gehe ich in den Wald, um ein paar Pilze zu suchen, findet sie sich plötzlich an meiner Seite ein, gehe ich hinunter in den Ort, kann es vorkommen, daß ich ihr in Roberts Werkstatt begegne, daß sie zwischen den holzgeschnitzten Engeln lautlos auf und ab geht.

Heute kam Mnemosyne erst am späten Nachmittag auf den Hög. Sie ging durch das Zimmer, blieb vor dem Plattenspieler stehen, nahm die »Lieder eines fahrenden Gesellen« von Gustav Mahler aus dem Regal und legte sie auf. Gegen Ende des vierten Liedes unterbrach sie die Melodie und hörte sich die Stelle »Auf der Straße steht ein Lindenbaum, da hab' ich zum erstenmal im Schlaf geruht« wiederholt an.

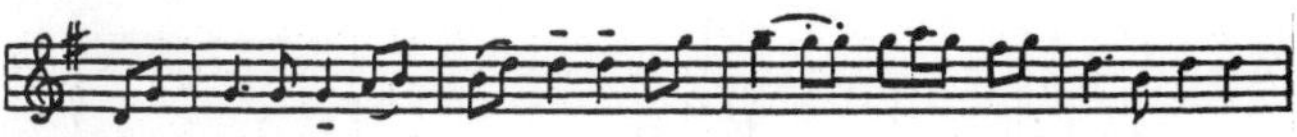

Es ist dunkel, ich gehe hinaus in den Wald, lautlos. Zwischen den Bäumen taste ich mich den Hang hinauf, habe mir Nachtvogelaugen zugelegt, dennoch macht die Dunkelheit meinen Schritt unsicher, die kleinen Mulden im Waldboden scheinen tiefer zu sein als am Tag.

In einer solchen Stunde beginnt man die Nacht mit anderen Augen zu sehen, mit anderen Augen zu hören, es sind andere Stimmen, die dein Ohr erreichen, andere Laute, die dich wachhalten. Ich gehe an einem Strauch vorbei, und ehe man sich umdreht, ist er abgestürzt in die

Dunkelheit, als wäre die Nacht eine riesige Falltür.

26. Juli

Der Sommer hat die Tage schwer gemacht, keine widerhallenden Räume mehr, alles ist verhaltener, ein anderes Schauspiel hat begonnen. Die Blütenblätter sind abgefallen, das Leben beginnt sich auf sich selbst zu besinnen, seine Schritte sind langsamer geworden, der Übermut ist vorbei, die Frucht beginnt zu reifen.

Das Lied der Vögel wird seltener, Anfang August beginnt das große Schweigen, nur die Jungen versuchen zaghaft den einen oder anderen Ton. Die Vogelnester in den Hecken sind unsichtbar, verbergen sich hinter einer luftigen Wand aus grünen Blättern, nur noch die Lerchen auf den Feldern jubilieren.

> »Die Väter
> trieben den Bergbau dort in dem großen
> Gebirg; bei Menschen findest du manchmal
> ein Stück geschliffenes Urleid oder, aus altem
> Vulkan, schlackig versteinerten Zorn.«
>
> *Rilke*
> *Duineser Elegien*

Franz Fühmann schreibt in seinem letzten Prosawerk »Im Berg«, es sind Texte aus dem Nachlaß: »... im Kreuzschnitt der Lichter zerstäubende

Erdnacht, wie sie unter den Tagen wandert, und ich wußte jählings: das war mein Ort«.

Auch heute noch beschäftigt das Motiv des Berges die Menschen, da ist der Zauberberg, der Venusberg, das Bergwerk von Falun, da sind die verzauberten Gestalten, die im Berg auf ihre Rückkehr warten. Was aber war es, das Fühmann in den Berg getrieben, sein Ich?

Bei Fühmann ist es ein irdischer Berg, geographisch nachweisbar, er liegt dort, wo die Ausläufer des Harzes in die Ebene übergehen, wo unter der Erde Kupfer und Kali abgebaut werden. Hier, tausend Fuß tief unter der Erde hat sich für ihn eine neue Landschaft aufgetan, hier wollte er für die kommenden Jahre seinen Arbeitsplatz einrichten, doch die ihm vom Schicksal vorgegebene Zeit reichte nicht mehr aus, um das gewaltige Vorhaben von über tausend Seiten zu realisieren.

Er war nicht auf der Suche nach phantastisch gewachsenen Kristallen, nach dem Skelett eines Fisches, dem Abdruck von Schachtelhalmen, es war auch nicht die Gier nach Edelmetallen, nach Gold, Silber und Platin, die ihn in die Tiefe des Berges trieb. Wollte er im Reich der schweren körperlichen Arbeit das finden, was auf den Schreibtischen der Partei, in den Chefetagen der Wirtschafts- und Energiepolitik verrottete? Dennoch wird in seinen Aufzeichnungen etwas spürbar, das weit über den irdischen Berg hinausgeht. Wollte er zum Lichthüter werden, tausend Fuß tief unter der Erde?

Fühmann war eine chthonische Natur, irgendwo einsam und sehr abgründig. Er wollte alles in seinem Leben ganz tun, absolut. Er ist einer der großen tragischen Gestalten in der ostdeutschen Literatur, er hat sich im wahrsten Sinn des Wortes durch die einzelnen Stollen des Lebens nicht nur hindurchgearbeitet, hat sich hindurchgewühlt, hindurchgerobbt, er hat nie die Erde vergessen, die er Tag und Nacht geschaufelt, den Stacheldraht, dem er entfliehen wollte und der ihn immer wieder zurückgerissen hat. Wer den Unterirdischen den kleinen Finger reicht, dem schlagen sie eines Tages die ganze Hand ab, hat man bei uns zu Hause gesagt. Man kann ein ganzes Leben lang Erde bewegen und muß doch nicht von dieser Erde sein.

Vielleicht hat auch Fühmann als Dichter an einem metaphysischen Heimweh gelitten, obwohl in seinen letzten Arbeiten etwas ganz anderes ablesbar wird: Die Oberwelt hatte Ekel in ihm ausgelöst. Er ist in den Führungsetagen des Staates wiederholt der nackten Gewalt begegnet. Hatte er wirklich die Hoffnung, in der Welt der schweren körperlichen Arbeit, der Schächte und der Stollen, einem anderen Menschen zu begegnen, einem Menschen, der voller Wahrheitsliebe und Gerechtigkeit ist? Der Weg zum Sozialen war für ihn immer auch der Weg zu einem höheren Selbst, sei es als Individuum, sei es als Volk. Für ihn war der Weg in den Berg Bestimmung.

Und doch war bei Fühmann noch etwas anderes mit im Spiel, ich denke an »Das Bergwerk von

Falun« von Hugo von Hofmannsthal, an Elis, der dem Sehnsuchtsruf nach unten gefolgt ist. Gewiß, auch er hat das Licht, das aus der Tiefe funkelt, geahnt, geschrieben hat er darüber nicht. In seinen »Materialien zu Struktur und Konzeption« fand ich lediglich den Satz »Der Bergmann als Lichthüter«. Er hütet das Licht, das in allen Sternen und zugleich auch in unserer Erde leuchtet, das verborgene Feuer, das in allen Dingen glimmt, ein Licht, das dem Erdgeist Goethes nahesteht. Das Christuslicht war ihm fremd.

Franz Fühmann schreibt in seinem Testament: »Ich habe grausame Schmerzen. Der bitterste ist der, gescheitert zu sein: In der Literatur und in der Hoffnung auf eine Gesellschaft, wie wir sie alle einmal erträumten.«

Ich erinnere mich an seine Lesungen in Gotha, in der Heinrich-Heine-Bibliothek, im Klub der Kulturschaffenden, in der Kinderbibliothek, vor den Deutschlehrern der Stadt. Nicht Fühmann ist gescheitert, eine ganze Gesellschaft ist gescheitert, weil sie nicht in der Lage war, mit jenem Pfund sinnvoll zu wuchern, das ihr die Geschichte im Mai 1945 in die Hand gelegt.

Nach der Wende mußte ich erfahren, daß es auch in einer Demokratie für den Schriftsteller immer schwieriger wird, die Gerechtigkeit des dichterischen Wortes und seine Präexistenz in das tägliche Leben mit hinüberzunehmen und zu realisieren.

Heute ist der dritte Tag, wo in den Nachmittagsstunden heftige Gewitter niedergehen. Es sind kurze aber starke Wetter, Regen fällt, zwischen Donner und Blitz tobt der Sturm, nach einer guten halben Stunde ist alles vorbei, die Sonne bricht durch, die Erde dampft, die Wetterwand ist abgezogen, kleine Frösche hüpfen über den Weg.

1. August

Die Schwalben fliegen tief, der Regen zögert noch, nur ein paar große schwere Tropfen fallen auf das Dach ...

Es gibt Tage, da kommen beim Schreiben die Gedanken wie von selbst, da braucht man über die einzelnen Sätze überhaupt nicht nachzudenken, da schreibt man sie mit einer erschreckenden Sicherheit nieder. Die Gedanken fliegen dir im wahrsten Sinn des Wortes zu, es ist, als würden sie bereits außerhalb deines Körpers Form und Gestalt angenommen haben.

Auch dem einzelnen Wort muß man beim Schreiben genügend Raum geben zum Atmen.

Für meine Generation ist Europa kein Fremdwort, kein fremder Zungenschlag, wieviel Vertrautes, Verwandtes schwingt allein in diesen sechs Buchstaben mit.

Nicht durch unsere Geburt, auch nicht durch unser Land sind wir Europäer geworden, da ist ein gewaltiger geistiger Raum, ein gestaltgewordenes Denken von Sizilien bis nach Norwegen, von der Schwarzmeerküste bis hinauf ins schottische Hochland, ein geistiges Anliegen, dem sich keine Nation entziehen kann. Hier wirken Kräfte auf uns ein, die weit über das Denken unserer Gegenwart hinausgehen, die alle Schranken aufheben, mit denen sich die Nationen in der Vergangenheit abgeschottet haben. Wir ahnen, daß hinter der Geschichte etwas waltet, das wir den Geist des Abendlandes nennen.

Europa muß seine inneren Grenzen, die es in den letzten Jahrhunderten selbst gezogen hat, aufheben. Unser Hiersein ist zugleich auch ein Dortsein, eine geistige Wirklichkeit, ein unzerreißbares Gewebe, das unseren Kontinent zusammenhält. Alles, was in diesem geistigen Raum beheimatet, ist identisch mit unserem Schicksal. Nur was Geist geworden, zählt, die Dämonen genau so wie der Engel. Die Gefahr ist heute groß, daß alles das, was Europa durch die Jahrtausende das Suchen, Denken, das schöpferische Ringen genannt hat, sich in Haben verwandelt, daß alles, was Europa den Menschen einst gegeben, jede Note, jedes Wort, jedes einzelne Bild in Geld umgesetzt wird. Europa hat den Menschen immer wieder an das Ewige gebunden, an das Unzerstörbare, es hat den Unbehausten Wohnrecht gewährt, dem Suchenden, der aus dem Schatten der Satten herausтrat. Und war dieser Erdteil nicht immer auch Seher und Deuter zugleich? Auch wenn Kultur und Sprache der alten Mittelmeervölker lange schon tot sind, ihr Geist führt immer noch mit den Söhnen einen Dialog. War es nicht der tiefe aeschyleische Zug der Gerechtigkeit, der unsere Kultur bis heute geprägt hat, das metaphysische Einssein mit Erde, Himmel und All?

Wenn Europa seine eigene Geschichte verrät, seine Berufung aus den Augen verliert, wenn in einem vereinigten Europa immer nur das zählt, was sich rechnen läßt, wird es früher oder später in die Bedeutungslosigkeit abstürzen.

Die Menschen haben das Schweigen verlernt, wohin man auch geht, überall ein dauerndes Reden,
ein Hineinreden,
Herausreden,
Hinwegreden,
ein Hinter-der-Hand-Reden,
ein Hinunterreden,
den Menschen ins Grab reden.

Einmal im Monat sollten die Menschen schweigen, einen Tag der Meditation einführen, nicht nur in der Familie, in der ganzen Gesellschaft, im Staat.

Ich sitze im Herzen
der Stille,
die Schlange der Verblendung
hat sich eingerollt,

höre den Wind
um die Finnhütte gehen.

Mein Karma,
dünn wie ein Seidenfaden,
wo ist der Schmetterling
der das Gespinst zerreißt?

7. August

Heute nacht las ich im Traum ein Gedicht. Die Schrift war dreidimensional, durchsichtig, jedes einzelne Wort schwebte frei im Raum. Es war kein alltäglicher Text, da waren Verse, nach denen ich ein Leben lang gesucht, Verse von einer Schönheit, wie ich sie bisher noch nie gelesen. Jede einzelne Zeile glich einer Offenbarung. Das Unaussprechliche war Sprache geworden.

Als ich erwachte, griff meine Hand nach dem Schreibstift, ich wollte mir einige der Verse aufschreiben – vergebens, keine einzige Zeile war mehr auffindbar, was blieb, war die glückhafte Erinnerung an einen Text, den eine unsichtbare Hand geschrieben.

Geträumte Worte. Auch der Dichter ist immer nur im Unfertigen zu Hause.

Im Thüringer Land kein Ferienort ohne Spielhalle, an den Wänden lauter blinkende Roboter, Spielautomaten, kleine Rouletts.

Eine Spielsucht ist über die jungen Menschen hereingebrochen, sie alle wollen das Glück zwingen, nehmen einen Zwanzigmarkschein aus der Tasche und lassen ihn an der Theke gegen Hartgeld wechseln. Und schon beginnen an der Wand die Spielautomaten zu rattern, man sieht, wie das Glück hinter den Glasscheiben aufleuchtet, rotiert, wie es sich in farbigen Kreisen zu drehen beginnt, bunte Felder blinken auf, hier springt das Licht von Zahl zu Zahl, dort, ein paar Schritte weiter jagt es auf einer abstrakten Leiter die Sprossen hinauf und wieder hinab. Die Augen der Spieler jagen den Lichtreflexen nach, sie können dem Glück, das in Windeseile durch die Räume springt, gar nicht mehr folgen. Ihre Wangen beginnen zu glühen, sie möchten die Lichtzeichen fassen, ihr Gehirn muß nur noch aus Lichtreflexen bestehen.

Das Glück bedarf keiner Würfel mehr, die man auf den Tisch wirft, kein Austeilen von Karten, kein Wägen, kein Abmessen, es gibt auch keine höflichen Gepflogenheiten zwischen den Spielern. Der Angriff der Maschine auf das Glück hat begonnen, man steht einem raffiniert programmierten Roboter gegenüber.

Solche Glücksspiele nehmen keine großartigen Ausmaße an, hier gibt es auch keine kostenmäßige Gemeinsamkeit, keine Tips, das Spiel ist kalt geworden, ohne Substanz, es ist ein Spiel für die Gefühllosen. Die Abwertung der Werte schreitet auch hier fort.

Abzocker, so nennt man in diesen Räumen den Staat, er verdient an der Spielsucht der jungen Menschen Millionen.

In der Nacht wurde ich vom Geheul einer Sirene aus dem Schlaf gerissen, einen Steinwurf weit von meiner Hütte entfernt wurde ein Bewegungsmelder ausgelöst. Als ich aus dem Fenster eine Leuchtpatrone in den Nachthimmel schoß, stürzten aus dem gegenüberliegenden Garten zwei Rehe in den Wald.

14. August

Hitzebesessen breitet sich der Sommer aus, melancholisch zirpen die Grillen vor sich hin. Wer in der Mittagsstunde über die Felder geht, verfällt dem Bann der Sonne. Die Gräser haben längst ihr Wachsen eingestellt, die Gräben am Waldrand sind leer.

Es ist ein eigenartiger Sommer, an jedem dritten Tag schlägt das Wetter um. Dichte Dunstwolken stehen über den Wäldern, ein kurzer aber heftiger Regenschauer, Treibhausschwüle, zwei Tage später hat man den Regen vergessen, der Himmel wolkenlos, stahlblau, die Ozonwerte steigen. Es ist ein aggressives Licht, das durch das Weltall fällt, die Augen schmerzen, ein trügerischer Glanz …

Tambach-Dietharz
Sommer 2090

… auf den Dächern gibt es keine Tauben mehr, vergebens sucht man im Kurpark nach einer Amsel, nach einem Star, kein Blätterrauschen, die Bäume stehen kahl, auch auf dem Markt keine Pilze, keine Blumen, die Sonne hat in den Gärten nicht nur die Gräser versengt, auch die Blumenstauden sind vertrocknet, und die Wochenendsiedlung auf dem Hög ist zu einem staubigen Asylantenheim geworden. Der Mörtel an den Häusern ist durch die Sonneneinstrahlung so mürbe, daß er in großen Flächen abbröckelt, man kann ihn zwischen den Fingerspitzen zerreiben, seine Farben sind lange schon verblaßt. Die Erde birst, es gibt Risse, in die man seine ganze Hand legen kann. Mitten in Europa, im Herzen Deutschlands, wo vor hundert Jahren noch die Thüringer Wälder grünten, eine halbafrikanische Landschaft, zwischen dem Rotliegenden wachsen Opuntien und Agaven. Unter dem Glutstrahl der Sonne verkarstet der Boden, medusenhaft blicken die Berge hinunter ins Tal. Gewiß, es hat Vorboten gegeben, ernsthafte Zeichen, Warnungen der Natur. Das unsichtbare Ozonloch füllt die Hälfte der Himmelskuppel aus.

Es gibt in Deutschland keine grüne Inseln mehr, unsere Enkel können überall das Sirren der Sandkörner hören, Tag und Nacht schlagen sie an die Fensterscheiben. Dort, wo die Siegessäulen stehen, die Triumphbögen, liegt knöcheltief der Sand. Und wie es anfängt zu sirren und zu singen, wenn der Wind die Körner über die Wanderdünen treibt ...

Wenn die Menschen weiterhin so leben wie bisher, wird sie eines Tages das Meer von der Erdoberfläche hinwegspülen wie einen lästigen Ausschlag. Noch nie hat der Mensch seinen eigenen Untergang so herausgefordert wie in der zweiten Hälfte des zwanzigsten Jahrhunderts.

Es gibt in unserem Leben ein Lachen, das diabolisch ist. Haben wir es nicht alle in Ansätzen in uns selbst schon einmal gehört, dieses Gelächter, das bis in den siebten Himmel hörbar wird und selbst die Engel erschaudern läßt. Es ist die Schadenfreude über unsere eigene Vernichtung.

Am Abend ist der Himmel über dem Thüringer Wald feuerrot bis orange, am Morgen gleicht er einem Bergkristall.

18. August

Der Gesang der Vögel ist am Verstummen, nur noch selten ein Anschlag, eine Terz, die meisten von ihnen leben in der Mauser. Das Jungvolk füllt die Gesangspausen aus, in den Sträuchern hocken die flügge gewordenen Vogelkinder, man hört es an ihrem ungeübten Ruf. Der Eichelhäher scheint immer noch der Alte zu sein, schon am frühen

Morgen warnt er die Vogelwelt vor meiner Anwesenheit.

In meiner Kindheit gab es auf den Feldern, auf den Wiesen einen grauen unscheinbaren Sänger, der auf der Tonleiter seiner Stimme aus den Gräsern aufstieg, als wollte er mit seinen kleinen Flügeln den Sonnenthron erreichen. Es war ein trillerndes Steigen, unter der blauen Himmelskuppel ein schwirrendes Stehen, ein Jubilieren, ein senkrechter Sturz in die Tiefe, ein Abfangen fußhoch über der Erde und dann diese Stille, was zurückblieb, war über den Gräsern der Wind …

An manchen Tagen steigt Robert den Hög herauf, sucht die Finnhütte auf, bringt sich von draußen eine schwarze Katze mit, Konstanze oder Julia, setzt sich mit ihr an den Tisch und schweigt.

Heute legte er mir ein Buch auf die Truhe. Das mußt du lesen, sagte er, das Alter ist dazu da, um das eigene Schicksal durchsichtig zu machen, alles andere ist belanglos. Nach einer Weile stand er auf, fuhr sich mit seiner Hand durch sein schütteres Haar und drückte von draußen, fast lautlos, die Tür ins Schloß.

Erinnerungen sind für Robert wie das Anschauen seiner selbst. Und plötzlich erinnerte ich mich, was Goethe einmal gesagt: »Jedem Alter des Menschen antwortet eine gewisse Philosophie«. Je älter wir werden, um so mehr Zeit sammelt sich in uns an. Es ist nicht die meßbare Zeit, die im Alter zunimmt, nein, es ist die gelebte Zeit, der gelebte Raum, die Ich-Werdung, es sind die Erlebnisganzheiten, ihre Brüche und ihre Metamorphosen.

Der irrationale Wunsch vieler Menschen, daß am Ende ihres Lebens etwas zurückbliebe, eine Kurzbiographie im Brockhaus, eine Notiz in einem Nachschlagewerk, irgend etwas sollte bleiben, wenn schon keine Gedenkmünze, dann zumindest eine Formel, ein paar Noten, ein Wort, ein Bild, allein darin läge Dauer. Haben die Menschen noch immer nicht begriffen, daß das einzig Unwandelbare im Leben die Wandlung ist?

Sheldrake hat sich mit seinen morphogenetischen Feldern eine neue Akashachronik geschaffen, in der sich unser Leben astralisch spiegelt, wo alles ablesbar wird. Diese Felder erinnern mich an ein Tonband, ganze Sinfonien werden aufgenommen, und doch kann man sie weder sehen noch fühlen, auch das stärkste Mikroskop würde nicht das geringste wahrnehmen.

Die innere Biographie, diese »verborgene Menschennatur«, ist nicht nur Gestalt schlechthin, sie ist immer auch der Ausdruck eines umfassenden individuellen Seins, ist Vergangenheit und Gegenwart zugleich, ist Schicksal, gleicht dem Feuer, das alles Brennbare verwandelt und dennoch feuerfest bleibt. Für mich ist es unbestreitbar, daß in dieser »verborgenen Menschennatur« eine höhere Kreativität am Werk sein muß. Wer sich seiner inneren Biographie bewußt wird, seiner inneren Gestalt, ist auf dem Weg zu einem höheren Bewußtsein.

Ich höre aus dem Tal sechs Glockenschläge, das Abendläuten beginnt. Das Geläut hat einen heimatlichen Klang, hört sich an, als wären es die Glocken der Pfarrkirche von Sankt Martin. Vielleicht sind ihre Töne hinweggeflogen über das weite mährisch-schlesische Land, über Böhmen, Sachsen und Thüringen hinweg bis hinauf auf den Hög.

Mnemosyne, wenn du in den kommenden Tagen an meinem Elternhaus vorbei gehst, vergiß nicht, bring mir meine Dohle mit, sie wird sich mit den Katzen auf dem Hög gut vertragen, ich kann den Eichelhäher mit seinem Ratsch, Ratsch nicht mehr hören.

Wie herbstlich schon die Schatten sind ...

24. August

Wettersturz, Kälteeinbruch. Seit gestern regnet es in Strömen. Mnemosyne steht vor der Hütte und pocht mit beiden Fäusten an die Tür. Mach auf, mach auf, ruft sie, in deiner teutonischen Kälte holt man sich ja noch den Tod ...

... erinnerst du dich noch an das alte Peking, sagte Mnemosyne, als wir von der Pagode aus auf die

Wohnviertel sahen? Alle Grundstücke waren rechteckig angelegt wie bei einem Schachbrett, Feld neben Feld. Es sah aus, als hätten die Bauleute schon vor dreihundert Jahren jede einzelne Straße mit dem Lineal gezogen, alles wurde nach einem streng geometrischen Gesichtspunkt gestaltet.

Die einzelnen Grundstücke werden auch heute noch von grauen übermannshohen Mauern umgeben, sind fensterlos, nur keine Durchblicke für den Fremden. Hinter diesen Mauern liegen die Wohnungen, die kleinen Gärten, die vierseitig umschlossenen Höfe, die ineinander übergehen, alles wird zu einem in sich geschlossenen Wohnkomplex zusammengefaßt. In einem solchen Stadtviertel wird der Fremde vergebens nach einem offenen Grundstück suchen.

Da und dort findet man noch heute die künstlich angelegten Goldfischteiche, die Steingärten, die kunstvoll arrangierten Baumgruppen, und plötzlich erinnere ich mich an eine alte Straße, an einen Maler, zweiundneunzig Jahre war er alt ...

Am späten Nachmittag Lektüre.

Was für Sheldrake das morphogenetische Feld, war für Goethe »die höhere Natur in der Natur«. Die Metamorphose vollzog sich bei ihm auf einer geistigen Leiter, und die innere Identität glich einem fortlaufenden geistig-seelischen Prozeß. Der Mensch wird nicht mit einer inneren

Identität geboren, er muß sie sich erarbeiten, sie ist »die geprägte Form, die lebend sich entwickelt«.

Welche Entscheidungen lassen die morphogenetischen Felder zu und welche nicht? Sind in ihnen auch die noch nicht erwachten Absichten Gottes verborgen? Vielleicht lehrt uns die Natur, daß die Wirklichkeit keineswegs mehr bedeutet als das unsichtbare Feld selbst. Die Wirklichkeit und das Gedachte, zwei Seiten ein und derselben Medaille.

1. September

Erinnerungen an einen Sommer, es war das Jahr 1989.

Auf dem Platz des Himmlischen Friedens
Panzerketten ...

Barmherziger als der Mensch
sind die Bäume,
sie geben uns Schatten.

6. September

... ich sehe ihn noch heute vor mir, diesen großen alten Mann, wie er in seinem Atelier auf und ab geht. Er trug einen langen schwarzen Seidenmantel und auf dem Kopf ein kleines schwarzes

Käppchen. Ich sah, wie er eine Rolle aus dem Regal nahm und das Seidenpapier mit ruhiger Hand auf einer weichen Filzunterlage glättete. Auf seinem Arbeitstisch standen Vasen mit den unterschiedlichsten Pinseln, schwarze Schalen mit zerriebener Tusche, kleine Wasserbehälter, Reibsteine. Er beugte sich über den Tisch, schob sich die beiden Ärmel seines Mantels langsam hoch, mischte die Tusche, suchte nach dem richtigen Pinsel, tauchte ihn in eine Schale, hielt den Atem an und wartete. Ehe die Pinselspitze das Seidenpapier berührte, lauschte der Greis auf seine innere Stimme, es war, als täten sich hier allein die unsichtbaren Räume auf.

Wenn Ch'i Pai-shih zu malen begann, vergaß er sich und die Welt, alles, was seine Persönlichkeit ausmachte, hatte er zurückgenommen. Sehen und Hören haben in diesem Augenblick keine Rolle mehr gespielt, die innere Stille wurde freigesetzt, die materielle Substanz der Dinge war durchsichtig geworden, das Wort »Wille« gehörte der Vergangenheit an.

Wer einmal zugesehen, wie der Meister einen Bambus malt, eine Lotosblüte, weiß, daß er in seinen Bildern die Natur nie vergewaltigt hat. Es sind Bilder, auf denen man die Blume blühen, die Krähe krächzen und den Schnee fallen hört. Was der Meister malt, ist nicht die Erscheinung, es ist das Unfaßbare in der Erscheinung, das Tao. Diese Bilder sind auf ihre Art und Weise Dichtung, ein gemalter Duft.

Es gibt bei Ch'i Pai-shih aber auch Pinselstriche, die kriechen dahin wie eine Kröte, breit, unbeholfen, andere wieder sind dünn wie ein Seidenfaden, ein leichter Hauch genügt, und sie fangen an zu schwingen. Ich sah ihm zu, wie er mit steilem Pinsel ein Schriftzeichen unter das andere setzte. Es ist eine Schrift, die zum Herzen der Dinge führt, und nicht wie bei uns in Europa eine von links nach rechts fliehende Handschrift, die vom Herzen wegführt, wie der Chinese sagt.

Was mich in seinen Bildern immer wieder überwältigt, ist die große Stille, die in den Dingen lebt, man sieht, wie das Wesenhafte aus dem Bereich des Unbestimmten, der Leere hervortritt. Nicht nur das Kind, auch der Büffel, die Hütte, die Blumen werden im Geiste neu geschaffen, da ist eine Einheit von beglückendem Sein, ein höherer Sinn, der zur Kunst wird. Überall die Aufhellung der sinnlichen Eindrücke. Gewiß, Konturen sind da, und doch könnte man von der Aufhebung der Kontur sprechen, alles geht über in ein transzendentes Sehen. Und welch eine Verteilung der gemalten Gegenstände auf dem Blatt Papier, selbst noch die Zwischenräume werden in das Gleichgewicht mit einbezogen.

Seine Pinselstriche sind stets mit den Schwingungen des Geistes identisch. Da gibt es Striche, die kehren um, springen über, dringen durch, Striche, die einfach dahinfliegen, und keiner weiß, wo sie ankommen. Keine Einengung durch die

Nachahmung der Formen. Auf rauhem Papier ein trockener Strich, ein nasser Strich auf der Seide, die Formen sind nicht streng umrissen, die Konturen werden oft durch Licht und Schatten aufgelöst. Die Ölfarbe engt die spirituellen Möglichkeiten des Malers ein, soll er einmal gesagt haben. Es gibt bei Ch'i Pai-shih aber auch Bilder, da befand er sich in einem Zustand der Leere, der Gedankenleere.

Eine der entscheidenden Voraussetzungen für die Durchgeistigung der Bilder war für ihn die Meditation. Er war immer auf der Suche nach dem Wesen der Dinge selbst. Nichts wird in seiner Malerei dem Zufall überlassen, er möchte auch die andere Seite der Natur sichtbar machen, ahnbar, zur Erscheinung bringen. Hier gibt es keinen Zufall, nichts Willkürliches, kein fremdes Feuer, diese Bilder sind auf eine höhere Art und Weise in sich geschlossen und dennoch für den Betrachter jederzeit offen.

Ch'i Pai-shih wußte sehr genau, daß es nichts Äußeres gibt, was nicht zugleich eine Erscheinung im Inneren ist. Eine uralte Weltempfindung: auch im kleinsten Werk das Ganze auszudrücken.

12. September

Den ganzen Tag
war ich mit meinen Gedanken unterwegs,
erlebte noch einmal den Herbst

wo sich ein Staat selbst aufgegeben,
hatte Zeit, bei Machiavelli nachzulesen,
wie sich ein Anschluß zu vollziehen hat,
am späten Nachmittag kehrte ich heim,
müde von der Wanderung,
vom Fenster aus
sah ich dem Tanz der Kraniche zu,
hörte beglückt den Schrei ihrer Freude.

Hast du schon einmal die unsichtbare Linie verfolgt, die ein Kranich bei seinem Flug durch den Himmel zieht, und wie er dann ausruht auf freiem Feld nach wochenlanger Reise? Unvergeßlich ist mir das Bild dieser Vögel, wenn sie sich von der Erde abheben und hinauf in den Himmel steigen, ihr Trompetenruf, wenn der Liebestanz beginnt.

Höchste Erregung hatte die Tiere ergriffen, dicht nebeneinander standen sie da, schlugen mit ihren Flügeln, mit halb ausgebreiteten Schwingen gingen sie aufeinander zu, wiegten sich in sanfter Ekstase, entfernten sich, kamen wieder, verharrten stumm auf dem alten Platz, ohne Bewegung, plötzlich sprangen sie vom Erdboden ab, wurden hinaufgerissen von der Freude, berührten sich mit der Brust, tanzten sekundenlang frei im Raum ihren Hochzeitstanz, dann stürzten sie zurück auf die Erde, reckten ihre Hälse rohrkolbenartig in die Luft und trompeteten den Schrei ihrer Liebesfreude hinauf in den Himmel, ein Tanz, der mir die Freudentränen in die Augen trieb.

Ja, sie werden beieinander bleiben ein ganzes Kranichleben lang, sie werden wieder aufsteigen in den Himmel und zurückstürzen in den Raum.

Es ist weit über zweiundzwanzig Uhr. An den Küsten der Ostsee, in Kap Arkona, auf der Insel Hiddensee, überall werden jetzt die Leuchtfeuer zu kreisen beginnen, und am Fuß der Leuchttürme wird das Meer seine mannshohen Wellen an die Ufermauern werfen. Bis hinauf in den Thüringer Wald kann ich die Brandung hören …

17. September

Das Fenster, an dem ich täglich sitze und arbeite, geht hinaus nach dem Süden. Es ist noch das alte Glas, da und dort ein paar Schlieren, ein paar matte Stellen. Von Zeit zu Zeit geht ein sanfter Wind durch den Garten und schlägt mit einem Föhrenzweig ganz leise an die Hüttenwand, wenn der Wind stärker wird, hört man das Rauschen der Bäume.

Robert geht in seiner Werkstatt auf und ab, die Dielen knarren, der Himmel vor dem Fenster ist ganz nah, es riecht nach Heu. Plötzlich bleibt er vor mir stehen, zieht aus seiner Westentasche eine alte Taschenuhr und sagt: Sieh dir das einmal an, der kleine Sekundenzeiger ist gestern abgebrochen. Wie sagen die Ingenieure: Materialermüdung. Diese Uhr hat schon mein Vater getragen, nur hing sie damals noch an einer Silberkette mit einem Bergkristall. Plötzlich höre ich vom Garten her ein heiseres Krächzen. Ich stehe auf und beuge mich aus dem Fenster. Mein Gott, die Krähen aus dem Baltikum sind da, sage ich zu Robert, so früh waren sie noch nie im Land, es ist doch erst September.

Laß gut sein, sagt er zu mir, Tiere wissen ganz genau, was sie tun, diese Schwarzröcke waren schon immer die Propheten unter den Vögeln.

Die Thüringer Landschaft in ihrer Ausgeglichenheit, in ihrer Ruhe regt mich seit Jahren immer wieder zum Denken an, zum Arbeiten, zum Schreiben.

Das Leben nach der Wende: Die meisten Menschen schotten sich gegenüber dem anderen Menschen ab, jagen nur noch dem eigenen Vorteil nach, dem Geld, dem Besitz. Das Parteibuch dominiert wie eh und je, auch die Parteienlandschaft in der Demokratie ist hierarchisch geordnet.

Die Menschen glauben noch immer nicht an das Sirren des Sandes, an den Unheilsbrand, der durch das Ozonloch über uns hereingebrochen ist, an die Vernichtung der Natur durch den Menschen. Haben wir vergessen, daß auch der Mensch etwas Zugeordnetes ist, zu keiner Zeit etwas Außerordentliches, das immer in der ersten Reihe stehen muß, daß auch er ein Dienender sein muß, wenn er überleben will.

Bei meinem abendlichen Spaziergang fand ich auf einem Eichenblatt den ersten Gallapfel. Wie oft habe ich als Knabe diese kleinen bunten Kugeln mit ihrem grünen, gelblichen und manchmal auch roten Anhauch nach Hause getragen. Sie sehen aus, als hätte sie ein Glasbläser aus Lauscha geblasen und auf das Eichenblatt gesetzt.

20. September

Am Himmel entfalten sich die langen weißen Bänder der Zugvögel, am Waldrand, wo der Nachsommer träumt, reifen die Haselnüsse, die Dinge nehmen Abschied von sich selbst.

Der Altweibersommer hat seine ersten flüchtigen Marienfäden in den Wind geworfen. Mit diesen weißen lockeren Fäden steigt in mir eine Vorahnung auf, die zwischen den Fingern zerreißt. Felder, Gärten und Wald tragen schwer an ihren Früchten.

Im Herbst hat unter den Laubbäumen die Pappel immer noch das kräftigste Grün.

... ein paar Tage nach meinem Besuch bei Ch'i Pai-shih kaufte ich mir in der Pekinger Werkstatt »Leuchtende Schätze« einen Auswahlband seiner Aquarelle. Da gab es die »Einsamen Bäume« mit der Unterschrift »Ich altes Unkraut bin froh, auf dieser einsamen Welt leben zu dürfen«, ein paar Seiten weiter fand ich die »Blühenden Pfingstrosen«, eine Tusch- und Farbmalerei auf ungeleimtem Seidenpapier mit dem Hinweis »Der neunzigjährige Pai-shih, genannt Greis«, da waren die »Wasserorchideen« mit der Inschrift »Wir sprachen miteinander lange, sehr lange«, die »Heuschrecken auf einer Chrysantheme«, »Der Vogel auf dem Maulbeerbaum«, unvergessen die Tuschzeichnung »Kuh und Weidenbäume«.

Auf der rechten Seite des Bildes sind ein paar lange zarte Linien, dünn wie ein Seidenfaden, den eine unsichtbare Hand aus dem Kokon gezogen, es sind die dünnen, schwingenden Ruten einer Weide, mit denen der Wind spielt, ein leichter Sommerwind schaukelt sie hin und her. Sie erinnern mich an die Trauerweiden in meiner mährisch-schlesischen Heimat. In der linken unteren Hälfte des Bildes steht eine Kuh. Der Meister hat sie in einem eintönigen Grau gemalt, monochrom, nur das Maul, die Hörner, die Augen und der Schwanz sind schwarz aufgesetzt, kein tiefes wuchtiges Schwarz, nein, es schwebt auf einem grauen Unterton, die Kuh selbst hat Ch'i Pai-shih in einer schweren erdhaften Form gemalt, die die ganze Unschuld des Daseins in sich einschließt. Zwei Schwalben jagen durch den Sommerhimmel ...

Die Menschen in einem vereinigten Europa werden einer neuen Konzentration der Macht gegenüberstehen, der ökonomischen, der politischen, der Macht der Bürokratie.

Der Verrat an Europa beginnt dort, wo das Maßlose zum Maß wird. Das Feuer, das einst Prometheus den Göttern geraubt, wir haben es den Zündholzfabrikanten in die Hände gelegt. Der Machthunger unter den Menschen ist unvorstellbar. Alles, was sie mit ihren Händen anfassen, sehen sie als ihren Besitz an, begreifen nicht, daß auch die Dinge ein Recht auf Freiheit haben, daß auch sie nur ein Teil der Krone sind, die uns nicht gehört. Es sind die Söhne und die Töchter, die den Todesschatten ahnen, der heute über Europa liegt, sie allein fühlen sich dem Werdenden verpflichtet, der Menschwerdung. Das Tausendjährige Reich hat seine Söhne an der Ostfront verheizt, die Bundesrepublik Deutschland hat sie vermarktet, die Deutsche Demokratische Republik verraten. In dieser Gesellschaft gibt es für die Söhne kein Ankommen mehr, nur ein Hindurchgehen.

Europa muß zu einem Weg der Herzen werden, zu einem Menschenland, einem »Imperium sacrum«, ein »überweltliches Wollen« muß den Menschen erfassen, wie Jakob Burckhardt es einmal genannt hat. Prometheus ist auch heute noch das alles durchdringende Prinzip und Christophorus das Symbol für den Gemeinsinn. Das Soziale hat in der Geschichte schon immer mehr Charakter gehabt als das Nationale.

Ein Politiker, der die Welt bewegt, muß sie noch lange nicht begreifen. Ich glaube an das spirituelle Zeitalter, das über Europa hereinbrechen wird, an das Zeitalter der Söhne und der Töchter. Vergebens werden die konservativen Kräfte versuchen, den metaphysischen Zustrom einzudämmen. Die Kultur muß der immer stärker werdenden Vergewaltigung des Menschen durch die Ökonomie eine spirituelle Kunst entgegensetzen. Es wird die Aufgabe der Söhne und der Töchter sein, den Weltriß zwischen Ost und West für immer zu schließen, behutsam über die Brücke hinwegzugehen nach Polen, durch das Große Tor von Kiew nach Moskau und Sankt Petersburg ...

Keine Macht der Welt nimmt dem Menschen sein Schicksal ab, auch nicht Gott.

Es ist spät geworden, ich sitze mit Konstanze und Julia im Garten. Neben der Hütte blühen die ersten Balsaminen, der Nachtschatten leuchtet mit seinen orangenfarbenen Beeren, die weiße Schafgarbe blüht, und die Disteln am Wegrand leuchten noch immer in einem warmen Violett.

Wehmut – die Schwalben sammeln sich.

Gegen Mitternacht faucht der Wind den Waldweg entlang, wenn er anhält, um neuen Atem zu holen, bleibt in den Sträuchern ein leises Seufzen zurück.

22. September

Heute nacht hatte ich einen bedrückenden Traum. Ich ging die Bergstraße zum Beerberg hinauf, vor einer Felsenhöhle blieb ich stehen, Steinstufen führten hinab in die Tiefe. Plötzlich stand ich in einem hell erleuchteten Felsensaal. Auf der Erde und in den Wandnischen die herrlichsten Bergkristalle, Amethystdrusen, leuchtende Opale, schwarze Turmalinstangen. Als ich diese Halbedelsteine sah, kam Angst in mir hoch. Was hast du hier verloren? fragte ich mich, steig hinauf ans Tageslicht, ehe der Berggeist das Felsentor hinter dir schließt. Als ich erwachte, schlug mir das Herz bis an den Hals.

Seit meiner Kindheit begleiten mich die Tauben, an manchen Tagen gurren sie vor meinem Fenster, trippeln auf der Straße vor mir her, als ich auf der Schulbank saß, kamen sie auf einem Wandbild auf mich zu, einen Ölzweig im Schnabel. In meiner Liebe zu Eva zeigten sie mir ihre Gestalt, ließen mich ihre Stimme hören, als ich später meine ersten Gedichte schrieb, die ersten Tagebuchaufzeichnungen, wurden sie mir zum Helfer des Wortes. Später, als die Söhne aus ihrer Heimat vertrieben wurden, lebten sie mit uns in den Höhlen der Dörfer und der Städte. Ich muß von ihnen den Taubensinn geerbt haben, auch mit verbundenen Augen fände ich den Weg zurück in meine alte Heimat.

»Oh, hätte ich Flügel wie meine Taube, daß ich aufflöge aus meinem hohen Alter und heimkehrte dorthin, wo sie dem Himmel das Liebste ist.«

Wenn man älter wird, gleicht so vieles einem nachtastenden, nachsinnenden Erinnern. Die stillen Uferzonen sind erreicht, von Zeit zu Zeit zieht vom Meer her eine beruhigende Müdigkeit in dich ein. Es gibt Augenblicke, da nimmt man sie voller Dankbarkeit an.

Je älter ein Mensch wird, um so mehr gleichen die Bilder seines Lebens den Altarbildern, sie sind zum Gleichnis geworden, unabhängig, ob sie ein Meister gemalt oder ein Geselle. Da und dort gibt es ein paar Seitenstücke, einen Seitenaltar, wo sich ein Mensch auf den Knien niedergelassen hat …

Ich glaube
an das Himmelreich der Tiere,
in das sie alle eingehen,
der Wolf, der Biber, das Reh.

Ich glaube,
daß alle Bäume eine Seele haben,
jede Blume, jeder Strauch
einen unsichtbaren Leib.

Ich glaube,
daß ich schon einmal auf der Erde war,
den Ort meiner Geburt,
ich habe mir ihn selbst gewählt.

Ich glaube
an den Garten von Gethsemane,
wo mich der Ölbaum
gefirmt.

Ich glaube
an das Gespräch mit den Toten,
an das Christuslicht,
durch das wir alle hindurchgehen,
staublos.

25. September

Die Vorboten des Herbstes, die Sonnenblumen, triumphieren am Zaun. Am Spindelbaum leuchtet die Bischofsmütze mit ihrem blassen Rot, unbeschreiblich das Feuer der Dahlien, da ist ein Brennen, Flackern, Aufleuchten.

Um diese Jahreszeit ist es auf dem Hög ganz still geworden, nur der Schrei eines Falken zerschneidet die Stille.

Ich sitze am Waldrand, hoch über Tambach, und sehe den Krähen zu, wie sie in einem großen schwarzen Pulk am Himmel hin und her fliegen, in einer großen geschlossenen Formation Schwünge und Wendungen ausführen, urplötzlich die Richtung ändern, ohne ersichtlichen Grund eine Schleife ziehen, einen anderen Krähenpulk durchfliegen, ohne auch nur eine der fremden entgegenkommenden Krähen zu berühren, es scheint, als wüßte jeder Vogel ganz genau, wohin er zu fliegen hat. Und plötzlich, wie aus heiterem Himmel, eine Explosion, die Krähen stoben auseinander, der ganze Pulk löst sich in Einzeltiere auf, ein Spiel ohne erkennbaren Grund, wenige Sekunden später finden sie wieder zusammen. Was sich am Himmel hier abspielt, ist ein exakt koordiniertes Verhalten, sagt Sheldrake.

Den biologischen Feldern ist die Welt der Sprache fremd, sie müssen auf andere Art und Weise miteinander kommunizieren. Diesen Feldern muß nicht nur ein Gedächtnis innewohnen, sie müssen auch voller Intuition sein, voller Voraussicht, Kreativität.

Mnemosyne, was trägst du heute in der Hand, es sieht aus, als wären es die alten vergilbten Briefe meiner Mutter über die Vertreibung.

An manchen Tagen kommt das alte Heimweh in mir hoch, da möchte ich fortgehn aus dem Land der Händler und der Krämer, zurück in meine alten Dörfer, wo auf der Straße die Kuhfladen liegen und auf den Feldern die Vogelscheuchen stehen. In Großvaters Werkstatt möchte ich mich setzen, einen Klumpen Lehm auf die Töpferscheibe werfen, einen Krug möchte ich formen, durchsichtig sollte er sein wie der Tag, ohne Ornamente, ein schmaler Streifen Wind genügt …

Hinter den Bergen, dort, wo Oberhof liegt, steigt der Vollmond in den Himmel, man sieht, wie seine Scheibe immer kleiner wird. Er zieht durch eine unfruchtbare Leere, durch die eisige Reinheit des Raumes.

28. September

Lautlos schweben durch die Luft die Wespen. Man schmeckt den Herbst, wenn man aus dem Gras einen Apfel aufhebt und bricht.

Der alles überholende Herbst hat sich breitgemacht, die Landschaft verliert ihren Schwung, an den Bäumen ist nicht mehr das strahlende Gelb, das leuchtende Rot, da sind nur noch erlöschende Farben, Blätterfall.

Geduldig tragen die Disteln den Staub der Straße.

Um diese Jahreszeit sind die Morgenstunden schon etwas frisch, ich schließe das Fenster und werfe ein paar Fichtenscheite in den Ofen.

Gegen zehn Uhr kommt Robert vorbei. Nimm Platz, sage ich zu ihm. Er setzt sich an den Tisch, greift sich aus dem Korb eine Kaiserbirne und beginnt sie abzuschälen.

Hast du deine Katzen schon ins Tierheim gebracht?

Nein, morgen werden sie abgeholt.

Hast du schon einmal einen Blick in deinen Vorgarten geworfen, zentimeterdick liegen unter den Bäumen die Nadeln, man könnte sie zusammenrechen.

Ich weiß, ein prächtiger Nadelteppich, rostbraun, vielleicht findet sich eines Tages doch noch ein Käufer.

Robert sieht mich nicht gerade freundlich an, dann sagt er: Meine Tochter hat mich über den

Winter nach Sofia eingeladen, ein verlockendes Angebot.

Verlockend, für wen? Laß hören!

Ihr Schwager besitzt das größte Antiquitätengeschäft in Sofia. Ich könnte zwei wertvolle Sekretäre aus dem 18. Jahrhundert von Grund auf restaurieren, könnte mir die Zeit einteilen, man hat nur eine Bitte, ich müßte die Edelhölzer für die Intarsien aus Deutschland mitbringen.

Dein Lager ist voll, es wird dir nicht schwerfallen, einen Rucksack mit Edelhölzern mitzunehmen.

Ob du mir beim Einpacken der Werkzeuge und der Edelhölzer hilfst?

Warum nicht, ich sehe doch, wie sich der Großvater auf sein Enkelkind heute schon freut …

Nach dem Mittagessen Spaziergang über die Felder.

Mnemosyne, es gibt keine Kartoffelfeuer mehr, vergebens suche ich nach dem blauen Rauch, der einst über den Ackerfurchen lag. Es gibt auch keinen Knaben, der seine Erdäpfel in der glühenden Asche röstet. Manchmal schrecke ich auf, wenn der Wind in das Laub der Pappeln fährt und die Blätter wendet.

Am späten Nachmittag »Aus des Knaben Wunderhorn« ein Lied von Gustav Mahler »Wo die schönen Trompeten blasen«.

Wer ist denn draußen und wer klopfet an,
der mich so leise wecken kann?

Es ist, als käme die Melodie wahrhaftig aus einem Wunderhorn, da ist eine Einfachheit, eine Zartheit, der man nur noch in den alten Legenden begegnen kann.

Das Mädchen stand auf und ließ ihn ein,
sie heißt ihn auch willkommen sein.

Als ich das Lied zum erstenmal gehört, war mir, als hätte auch ich das alles schon einmal erlebt, irgendwann, irgendwo. War nicht auch in mir eine Liebe, die einst voller Träume war, eine Liebe, die noch nicht wissend geworden.

Manchmal halte ich mitten im Schreiben an, denke zurück, die Burgberghaltestelle, eine kleine Station an der Strecke Jägerndorf–Troppau, von hier liefen die Eisenbahnschienen weiter nach dem Osten, durch Polen, die Ukraine und immer lag zwischen den hölzernen Bahnschwellen ein grauer Schatten, hinter Waluiki verloren sie sich in der Steppe.

Ich weiß nicht mehr, wann und wo die Liebe zwischen Halina und mir begonnen hat, war es in Krosno, in Kremenez oder an den Ufern des Styr? Manchmal denke ich, Liebe hat keinen Anfang, sie ist zwischen den beiden Menschen lange schon da und wartet nur noch auf den Augenblick, wo sie sich begegnen.

Es gibt Tage, da wird das Bewußtsein in mir zu leben so stark und das Staunen über die Liebe so gewaltig, als wäre alles um mich herum neu geboren. Keine Unruhe, keine Angst, man kann nachts im Halbschlaf nach einer Hand greifen, kann sich fallenlassen, man weiß, daß der andere dich wieder auffängt. Vielleicht ist der erste Kuß nichts anderes als der Versuch, das Unbegreifliche auf seinen Lippen zu spüren.

Halina hat viele Briefe geschrieben. Jeder Brief glich einer Station, ich konnte in ihnen den Stundenschlag ihres Lebens ablesen. Wie eine Insel hoben sich ihre Worte aus dem grauen Alltag heraus. Ja, es gibt Briefe, die trägt man ein Leben lang mit sich herum, obwohl sie während des Krieges verlorengegangen sind.

Heute frage ich mich, willst du das schmerzlich schöne Spiel, das wir Leben nennen, durch deine Wiedergeburt noch einmal beginnen, diese töricht lieblichen Versprechungen, willst du noch einmal in den Fluß hinabtauchen, dieses Locken und wieder Abstoßen noch einmal erleben, das Ineinanderverstricktsein, dieses Hand-in-Hand-Dahingehen, willst du es wirklich noch einmal auf dich nehmen, es liegt an dir, einzig und allein an dir selbst …

Es ist dunkel geworden, die ersten Sterne beginnen zu leuchten. Ich sitze vor der Hütte und höre auf das Rauschen der Bäume und mir ist, als verstünde ich plötzlich das Leben, höre, wie das

Rauschen in der Ferne anschwillt, wie es näherkommt, sich entfaltet und über mich hinwegbraust.

Schick mich nicht fort, sagt das Leben, nimm mich an …

Siebzig Jahre
über die Runden gekommen
mit Gelbsucht, Ruhr, Malaria,
mit einem Eisensplitter
in den Knochen.

Die mährische Kindheit
eingebracht ins Thüringer Land,
auf der Tenne der Jahre
mit dem Dreschflegel gedroschen das Korn,
auf den Bergen gelebt
und in den Tälern der Schuld,
dem eigenen Gewissen die Treue gehalten,
Bruder gewesen allem, was lebt,
ich hatte immer noch ein Stück Himmel
über mir,
und das ist viel in einem Jahrhundert
wie diesem …

Hanns Cibulka
Am Brückenwehr

114 Seiten. RBL 1490. 16,– DM
ISBN 3-379-01490-7

Das wiederum schmale Cibulka-Büchlein ist bei allem Nachsinnen über brennende Probleme der Gegenwart, zuallererst durchwoben mit wunderschönen poetischen Bildern. Angriffslustige, von Lebenserfahrung gespeiste »Politika«, vervollkommnen das Vergnügen beim Lesen.
Auch da, wo die Düsternis und Traurigkeit der verfallenden Vaterstadt und von nicht zu liftenden Leben durch die Zeilen glimmern, blickt man gern mit dem Autor in Gesichter und innere Biographien der ihm zwischen Leipziger Nikolaikirche und tschechischem Jägerndorf begegnenden Menschen.
Die Aufzeichnungen tragen unverkennbar starke autobiographische Züge. Eine linear von Tag zu Tag sich fortschreibende Autobiographie aber ist das Buch nicht. Das macht es zusätzlich empfehlenswert.

Heinz Stade

RECLAM-BIBLIOTHEK

Hanns Cibulka
Thüringer Tagebücher

279 Seiten. RBL 1457. 16,– DM
ISBN 3-379-01457-5

Der im thüringischen Gotha lebende Schriftsteller Hanns Cibulka gehört nicht zu den DDR-Autoren, die jetzt vielfach schadenfroh als tot erklärt werden.
Cibulka über die ihn so besonders anziehende Tagebuchform: »Das Tagebuch gehört zu den Formen, die mich am stärksten faszinieren... Das Tagebuch ist Zentrum, Bekenntnis ...« Alle Aufzeichnungen stellen eine biographische Zäsur dar, möchten aber auch mehr sein: eine Art »Standortbestimmung« und »Lebenshilfe« – eine Orientierung für den Suchenden und Hoffenden. Es ist faszinierend, diese Aufzeichnungen heute – als ein Stück Literatur »gegen die damaligen Verhältnisse« – zu lesen.

Günter Gerstmann in: Neue Zeit

RECLAM-BIBLIOTHEK

Hanns Cibulka
Ostseetagebücher

248 Seiten. RBL 1398. 16,– DM
ISBN 3-379-00693-9

Hiddensee, das historisch gänzlich unberührte, gleichwohl anheimelnde Eiland westlich vor Rügen. Hanns Cibulka, der als Soldat Sizilien kennengelernt hatte, betritt Hiddensee im Bildungsschatten der Antike. Er arbeitete lange Jahre über als Bibliothekar in Gotha. Er geht mit Goethe, mit Platen, vor allem aber mit Gerhart Hauptmann, der auf Hiddensee begraben liegt, vertraut um. Seine Distanz zu Menschen und Dingen wächst in der Landschaft, die der Maler Caspar David Friedrich öfter aufbewahrt hat. Es werden kleine Geschichten von Menschen erzählt, wenn man sich abends beim Wein trifft, Erlebnisse, Beobachtungen fast von heute, allerdings aus einem verspäteten Land. In ihnen hält ein Verehrer des Gegensätzlichen kenntnisreich Zwiesprache mit der Natur.

Konrad Franke in: Süddeutsche Zeitung

RECLAM-BIBLIOTHEK

Franz Fühmann
Marsyas
Mythos und Traum

Herausgegeben von Jürgen Krätzer.
480 Seiten. RBL 1449. 24,– DM
ISBN 3-379-01449-4

Im Mythos fand Franz Fühmann eine Möglichkeit, »individuelle Erfahrung an Modellen von Menschheitserfahrung zu messen«. Stets verhandelt er im Überlieferten auch unverkennbar heute Bewegendes.

Aus dem Inhalt: Prometheus. Die Titanenschlacht. Marsyas. Der Geliebte der Morgenröte. Das Netz des Hephaistos. Baubo. Hera und Zeus. Das Ohr des Dionysios. Kirke und Odysseus. Die Schatten. Traumnotate. Das mythische Element in der Literatur.

RECLAM-BIBLIOTHEK

Franz Fühmann
Barlach in Güstrow

99 Seiten. Mit 33 Grafiken, Zeichnungen, Plastiken Ernst Barlachs. RBL 487. 15,– DM
ISBN 3-379-00277-1

Der Schreiber des Textes hat von seinem Recht Gebrauch gemacht, Ernst Barlach als literarische Gestalt mit jener Freiheit zu behandeln, die, Einzelheiten äußeren Geschehens umformend und Entwicklungen von Jahren in Stunden zusammenziehend, mehr als ein bloßes Abbild zu formen versucht. Die innere Entwicklung des Helden dieses Berichts ist in jedem Fall dokumentarisch belegbar; die Erinnerungsszene in der Hollstraße ist von Frau Marga Böhmer mitgeteilt.
Der Verfasser hat an einigen Stellen wörtliche Formulierungen Barlachs in den Text gezogen, ohne sie als Zitate besonders zu kennzeichnen.

Franz Fühmann

Franz Fühmann (1922–1984) entwirft in seiner Barlach-Novelle das erschütternde Porträt des »verfemten, gehetzten, seiner öffentlichen Werke fast völlig beraubten, vom Berufsverbot bedrohten schwerkranken« Künstlers im »schlimmen Jahr« 1937.

RECLAM-BIBLIOTHEK

Adolf Endler
Die Exzesse Bubi Blazezaks
im Fokus des Kalten Krieges

Satirische Collagen und Capriccios
1976–1994

208 Seiten. RBL 1540. 19,– DM
ISBN 3-379-01540-7

Vor- und Nachwendetexte Endlers sind in diesem Band versammelt, und mit Recht warnt der Autor den Leser vor der »schwarzhumorigen Verdrehtheit, welcher man bei der Lektüre dieser Prosa begegnen wird: Schleudertour, Gespensterbahn, nichts für schwache Nerven, nichts für den gehobenen quasi: ›normalen‹ Geschmack diese teils desperat zerbröckelnden, teils irrwitzig ausschweifenden Fragmente, Glossen, Zitat-Serien, Lästerlaudatios.«
Entstanden ist ein Buch, dessen Untertitel auch »Bausteine für eine andere Geschichte der DDR« hätte lauten können.

Horst Drescher
Regenbogenpapiermacher
Kurze Prosa

171 Seiten. RBL 1539. 20,– DM
ISBN 3-379-01539-3

Der Prosaautor Horst Drescher, geb. 1929 in Olbersdorf bei Zittau, nennt seine Denk- und Schreibweise »humorig«, ja, bisweilen schwarzhumorig sind die meisten seiner zugespitzten Sätze. »Drescher denkt sich im Grunde nichts aus, der Witz gilt ihm wenig, die Absurditäten liefert das Leben frei Haus. Er hebt sie auf, schreibt sie auf, bringt sie auf den schwarzen Punkt.« (Wulf Kirsten)
»In der zusammengebrochenen Literaturlandschaft der ehemaligen DDR liegt ein unerhörtes, aber auch ungeheuerliches Potential. Das, was erzählt werden muß und bald. Verkippen ist eine Scheinlösung.« (Horst Drescher)

Eine repräsentative Auswahl aus dem Gesamtwerk – ein Porträt dieses eigenwilligen Leipziger Autors.